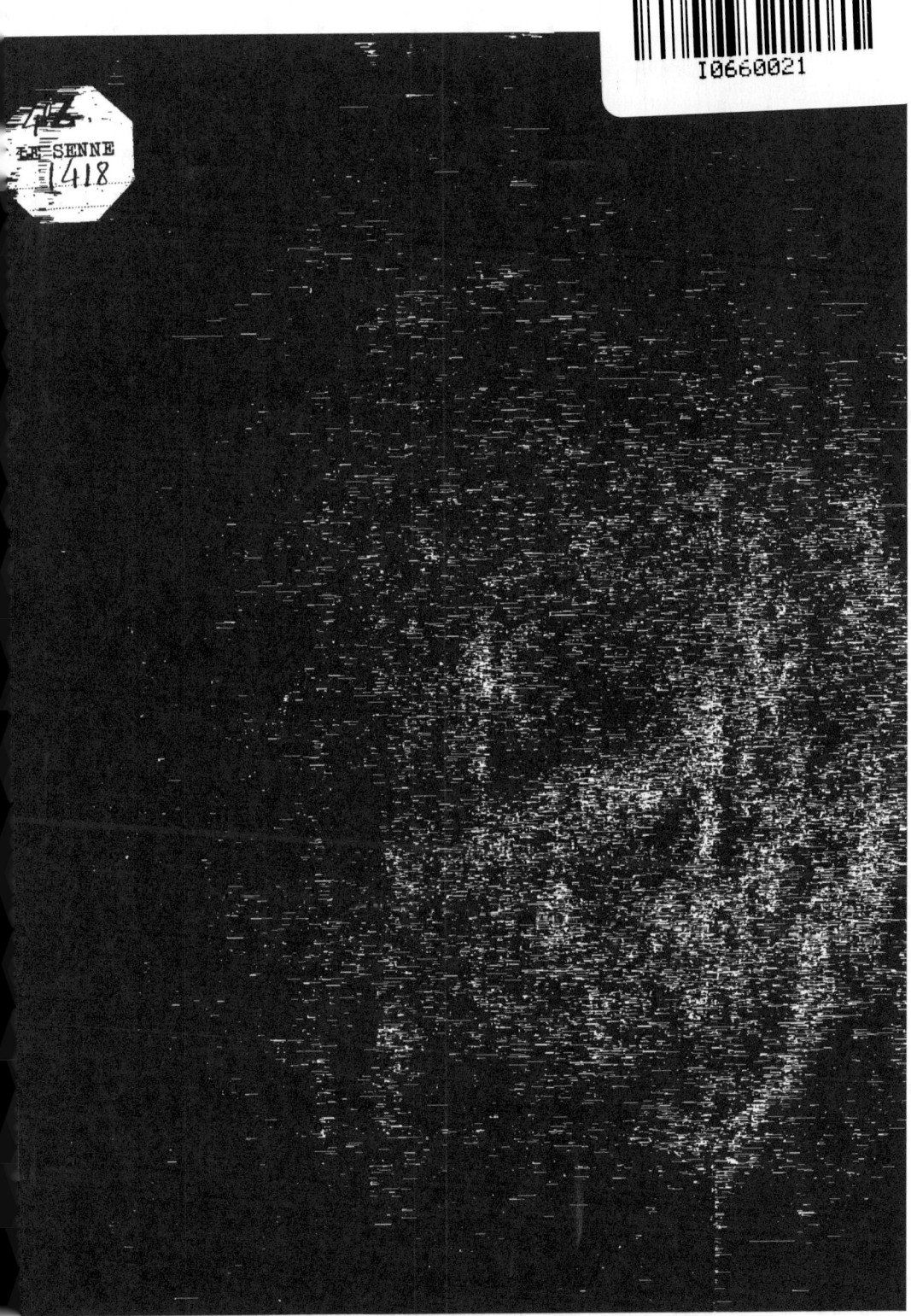

# MÉMOIRE

## SUR

## L'APPLICATION DES PRINCIPES

# *DE LA MÉCHANIQUE*

## A LA CONSTRUCTION DES VOUTES

## *ET DES DOMES.*

# MÉMOIRE

## *SUR L'APPLICATION*

## DES PRINCIPES DE LA MÉCHANIQUE

## *A LA CONSTRUCTION*

## DES VOUTES ET DES DOMES,

*Dans lequel on examine le Probléme proposé par M. PATTE, relativement à la construction de la Coupole de l'Eglise Sainte-Genevieve de Paris.*

Par M. GAUTHEY, Sous-Ingénieur des Etats de Bourgogne, de l'Académie des Sciences, Arts & Belles-Lettres de Dijon.

## *A DIJON,*

De l'Imprimerie de LOUIS-NICOLAS FRANTIN, Imprimeur du Roi, rue Saint-Étienne.

*Et se vend, A PARIS,*

Chez CLAUDE-ANTOINE JOMBERT, fils ainé, Libraire rue Dauphine.

M. DCC. LXXI.

## *AVEC APPROBATION ET PERMISSION.*

# MÉMOIRE

## SUR L'APPLICATION DES PRINCIPES

## DE LA MÉCHANIQUE

## A LA CONSTRUCTION DES VOÛTES,

*Dans lequel on examine le Problême proposé par M. PATTE, relativement à la conſtruction de la Coupole de l'Egliſe de Sainte-Genevieve de Paris.*

LES Sciences ont entre elles des rapports généraux, qui les uniſſent toutes par une correſpondance immédiate : cette liaiſon eſt une loi de la Nature, ſi néceſſaire & ſi conſtante, que nos connoiſſances ne ſe perfectionnent jamais que par les lumieres réciproques qu'elles ſe prêtent ; mais leur utilité ne ſe borne pas à ſe prêter des ſecours mutuels, ce n'eſt que par leur moyen que l'on peut établir quelque certitude dans les principes d'après leſquels on dirige les opérations des Arts ; ſi elles n'ont pas toujours paru contribuer à leur invention, il eſt du moins certain qu'elles les ont perfectionnés, toutes les fois qu'on leur en a fait une application éclairée.

A

Parmi les Arts qui paroiffent le plus fufceptibles d'être guidés par les Sciences, l'Architecture eft un de ceux auxquels on peut appliquer avec le plus d'avantage les principes mathématiques & furtout les regles de la Méchanique; cependant il femble que les Architectes n'aient jamais eu d'autres guides, dans les préceptes qu'ils ont donnés, que leur goût feul ou leur génie, & ce n'eft qu'après de longs tâtonnements & à travers les erreurs mêmes des Artiftes les plus fameux, que quelques Mathématiciens ont enfin apperçu les principes les plus importants de la conftruction des édifices, Art d'autant plus utile, que toutes les autres parties de l'Architecture en dépendent effentiellement : c'eft ainfi que M. de la Hire, en confidérant la diverfité des moyens que les Architectes avoient employés pour conftruire des Voûtes, reconnut qu'ils ne s'étoient point aidés des préceptes d'une théorie approfondie. S'il fut étonné que le génie feul eût pu les élever jufqu'à ofer fufpendre, pour ainfi dire, fur quelques points d'appui, des Dômes immenfes, des voûtes fur des voûtes; il ne fut pas moins frappé de la différence d'épaiffeur, que chacun d'eux avoit imaginé néceffaire pour leurs piédroits; il preffentit qu'il devoit exifter dans la Nature une loi précife pour régler cette épaiffeur, il conçut auffi-tôt le deffein d'en faire la recherche, & de prefcrire des regles fur lefquelles on pût s'appuyer avec confiance dans toutes les circonftances où l'on auroit des voûtes à élever.

Ce font ces mêmes regles dont M. Patte s'eft fervi pour en faire l'application à la coupole de l'Eglife de Sainte-Genevieve, en tâchant de prouver *que les piliers déjà exécutés & deftinés à la porter, n'avoient pas les dimenfions néceffaires pour efpérer d'y élever un femblable ouvrage avec folidité :* mais en confultant ces regles, il en a fait une fauffe application, il s'en eft même écarté totalement.

En effet, on a peine à concevoir pourquoi, fans avoir propofé aucun doute fur les formules reçues, & même après avoir déterminé l'épaiffeur des murs de ce dôme fuivant la méthode de M. de la Hire, il propofe férieufement de doubler le réfultat de fes calculs :

il eſt encore plus ſurprenant qu'il ait cru pouvoir établir l'impoſſi-
bilité de conſtruire cet édifice, ſur la comparaiſon qu'il en fait
avec d'autres, de même nature, dont les proportions très-différentes
entre elles, ne peuvent avoir été dirigées par une bonne théorie,
puiſqu'ils ont été élevés avant que l'on eût aucune connoiſſance
démontrée, ſur le véritable effet de la pouſſée des voûtes. On ſent
combien cette maniere de décider eſt ſujette à erreur; ſur-tout
combien elle ſeroit préjudiciable au progrès de cet Art utile, ſi elle
pouvoit être adoptée par les gens inſtruits.

Les Auteurs qui ont écrit ſur la théorie de cette matiere, ont agi
bien différemment. Loin d'aſſujettir les Architectes à une ſervile imi-
tation, ils ont cherché à donner encore plus d'eſſor à leur génie;
en établiſſant des principes ſûrs pour régler les piédroits des voûtes,
ils ont indiqué de nouveaux moyens pour en ériger de plus hardies
que celles qui avoient été conſtruites avant eux.

Ainſi, loin d'être blâmé pour n'avoir pas ſervilement ſuivi les
exemples qu'ont laiſſé les Architectes qui l'ont précédé, celui qui
aura conçu le projet le plus conforme aux regles établies par une
ſaine théorie, ſera digne des louanges que méritent tous ceux qui ſe
diſtinguent par les progrès qu'ils font dans leur Art : cet hommage
appartiendra naturellement à l'Architecte de l'Egliſe de Sainte-
Genevieve de Paris, s'il réſulte de la ſolution du Problême propoſé,
que les dimenſions des piliers deſtinés à porter la coupole de cette
Egliſe, ſont ſuffiſantes, quoique beaucoup plus foibles que celles
de tous les piliers qui ont été conſtruits juſqu'à ce jour pour des
édifices ſemblables.

Comme c'eſt de la preuve de cette vérité, ſi fortement conteſtée
par M. Patte, que dépend la déciſion de cette queſtion, on ſe
propoſe de faire voir que, dans ſon Mémoire contre le ſuccès de
cette Coupole, cet Architecte n'a pas fait une juſte application des
exemples ſur leſquels il fonde ſa critique, & qu'il n'a pas raiſonné
conſéquemment aux principes des Savants qu'il a pris pour ſes
guides.

A 2

On s'attachera d'abord à examiner les principes de la théorie des voûtes, & à les confidérer fous un nouveau point de vue : perfuadé qu'une application particuliere des principes mathématiques à la conftruction de ces édifices ne peut que contribuer au progrès de cet Art. On fera voir enfuite que les regles de la théorie, & les exemples cités dans le Mémoire qu'on examine, n'autorifent point les objections qu'il contient; enfin, on prouvera par les mêmes exemples, & fuivant les mêmes principes, que les piliers qui font conftruits près du centre de l'Eglife de Sainte-Genevieve, pourroient fupporter un édifice plus confidérable que ne doit l'être le Dôme projeté.

## §. I.

### *Difcuffion des principes de la pouffée des Voûtes.*

Monfieur Patte annonce qu'*il ne fauroit y avoir de doute fur la certitude des principes qui fervent à établir l'épaiffeur des piédroits des voûtes, & que ce font des vérités mathématiques.*

On ne conteftera pas qu'il ne foit très-fage & très-prudent de fuivre les formules qui ont été données à ce fujet; mais auffi il eft permis de n'être pas tellement perfuadé de la certitude des principes fur lefquels ces formules ont été établies, que l'on foit obligé de regarder comme une vérité inconteftable, qu'une voûte s'écroulera infailliblement fi, en la conftruifant, on ne les fuit pas avec la plus fcrupuleufe exactitude : on fe tromperoit encore davantage, fi l'on craignoit de courir quelques rifques en ne donnant pas aux piédroits qui foutiennent des voûtes, une épaiffeur plus grande que celle qui fe trouve déterminée par ces calculs.

Pour faire fentir jufqu'à quel point on doit avoir égard aux réfultats de ces formules, il eft important d'examiner attentivement la théorie qui leur fert de fondement; on s'affurera d'abord qu'elle eft établie fur des hypothefes qui font éloignées de la vérité, & l'on fera bientôt convaincu que, loin d'être abfolument obligé d'aug-menter les épaiffeurs des piédroits déterminées par ces formules „

on pourroit en diminuer quelque chofe, fans que pour cette raifon les voûtes en fubfiftaffent avec moins de folidité.

Pour fimplifier les données de ce problême, les Mathématiciens ont fait des fuppofitions qui ne peuvent prefque jamais avoir lieu ; ils ont même négligé de faire entrer en confidération plufieurs circonftances qui donnent réellement beaucoup d'avantage à la puiffance agiffante : mais ils ont eu d'autant moins d'égard à ces objets, que, n'établiffant leur théorie que pour l'appliquer à la pratique, ils ont mieux aimé que leur formule donnât une épaiffeur trop grande, que de la déterminer dans toute la rigueur mathématique [1].

[1] Rien ne prouve mieux que ces principes ne font pas des vérités mathématiques, que la diverfité des fyftêmes des Auteurs qui ont voulu réfoudre ce problême.

M. de la Hire, qui avoit d'abord établi une hypothefe en cherchant la pefanteur que doit avoir chacun des vouffoirs pour réfifter à la preffion des vouffoirs voifins, y fit quelques changemens quand il voulut réfoudre le problême dans toute fon étendue.

M. Couplet réfolut enfuite, fur la pouffée des voûtes, plufieurs problèmes très-curieux pour des Mathématiciens ; mais qui ne peuvent pas être d'un grand ufage dans la pratique de l'Architecture, parce que les voûtes ne font pas réellement, comme il les a confidérées avec M. de la Hire, un affemblage de vouffoirs qui n'ont entr'eux aucune liaifon & qui font parfaitement polis : cette hypothefe parut fi fauffe à M. Couplet lui-même, que, pour fe rapprocher de la pratique, il en fuivit l'année d'après une nouvelle, en fuppofant que la furface des lits des vouffoirs étoit tellement grenue & raboteufe qu'ils ne pouvoient glifler, mais feulement rouler autour de leur point d'appui.

M. Danify, Académicien de Montpe-

lier, crut, en confultant l'expérience, n'avoir befoin d'aucune hypothefe pour réfoudre le problême de la pouffée des voûtes : il fit à cet effet des modeles de voûtes qu'il chargeoit différemment & dont il diminuoit à volonté l'épaiffeur & la hauteur des piédroits. Quoique cette méthode paroiffe bonne, elle s'éloigne cependant de la réalité, en ce que les voûtes qu'il confidéroit n'avoient aucune liaifon entre leur différentes parties. Cet Auteur en tira même des conféquences fauffes, à en juger par la regle de pratique qu'il donna, fuivant laquelle il ne tenoit aucun compte de la hauteur des piédroits.

Le Pere Deran, qui a été fuivi par Blondel, par Defchalles & par Delarue, avoit auffi donné une regle pratique pour fixer l'épaiffeur des piédroits des voûtes. M. Gauthier qui trouva celle de M. de la Hire trop hors de la portée des ouvriers, en donna une autre ; mais aucun de ces Auteurs n'avoit fondé fon fyftême fur des démonftrations : auffi leurs méthodes font-elles vifiblement fautives, puifque ni les uns ni les autres n'ont eu aucun égard à la hauteur des piédroits, d'où la réfolution du problême ne dépend pas moins, que du diamêtre des voûtes.

De toutes les regles & formules que l'on a données fur cette matiere, celle de M. de la Hire eſt la ſeule qui ait prévalu chez les Savants, & eſt le plus univerſellement adoptée.

Cet Auteur obſerve que les voûtes dont les piédroits n'ont pas une épaiſſeur ſuffiſante pour réſiſter à la pouſſée, ſe fendent ordinairement vers le milieu des reins; il conſidere la partie du ſommet qui forme la moitié de la voûte, comme un coin qui tend par ſon poids à écarter les deux autres parties, qu'il regarde comme tellement adhérentes aux piédroits, qu'elles ne font avec eux, qu'un ſeul & même corps juſques ſur leur fondement. Il remarque enſuite que dans cette ſuppoſition la voûte ne peut ſe fendre, que le coin ne deſcende de quelque choſe, & qu'il n'agiſſe pour faire écarter les piédroits par le deſſus; & ſuppoſant encore qu'il ne ſe fait aucun frottement ſur les lits des vouſſoirs ſur leſquels le coin tend à gliſſer, il déduit des principes de la Méchanique, l'épaiſſeur que l'on doit donner aux piédroits des voûtes pour réſiſter à leur pouſſée [2].

[2] Je prendrai pour exemple une voûte terminée en plate-forme, parce que le calcul en eſt plus aiſé. Après avoir décrit ( Fig. 1re. ) un arc concentrique qui paſſe par le milieu de l'épaiſſeur de la clef, & élevé les perpendiculaires LO, DF, les points D & L feront conſidérés comme les centres d'impreſſions ſur leſquels le coin agit également de part & d'autre, ſuivant les directions DF, LO: ainſi il ſuffira d'avoir égard à la moitié du coin, depuis le point D, juſqu'au ſommet de la voûte, puiſque l'on appliquera les mêmes raiſonnemens à l'autre moitié. Suppoſant enſuite la peſanteur des piédroits jointe à la première partie de la voûte réunie à leur centre de gravité en M, la queſtion eſt réduite à trouver le bras HG, d'un levier recourbé HGE, à l'une des extrémités duquel ſeroit le poids H égal à la peſanteur du piédroit XV, & à l'autre extré-

mité E, une puiſſance qui tireroit obliquement au levier, & qui ſeroit égale à l'effort que fait le coin pour écarter le piédroit XV.

Or il eſt démontré en Méchanique, que l'effort que fait le coin, au point D, eſt à la puiſſance qui le chaſſe ( qui eſt ici ſa peſanteur que l'on peut exprimer par ſon profil UVQL ) comme AD eſt à AR; ainſi cet effort ou la puiſſance agiſſante ſera $\frac{UVQL \times AD}{AR}$. Si l'on nomme $2nn$, cette ſuperficie du coin, & que l'on faſſe AR $= 2a$, AD $= b$, G & h, $=$ GV $= d$, ZC $= c$, & XG $= y$, on aura d'abord la puiſſance agiſſante $= \frac{2bnn}{2a} = \frac{bnn}{a}$.

Conſidérant enſuite que les triangles AKD, D & E, EFG, ſont ſemblables, & que l'on a D & Z $e = c + y =$ E &, on aura GF $=$ G& $- $E& $= h - c - y$; & faiſant $h - c = f$, on aura GE $= f - y$. On a auſſi à cauſe des triangles ſemblables

On fuit ici la même marche que M. de la Hire a fuivie pour réfoudre ce problême, afin d'avoir lieu de faire quelques obfervations fur les différentes fuppofitions qu'il a employées, & pour démontrer que toutes ces fuppofitions font entiérement à l'avantage de la puiffance agiffante.

En effet, lorfque l'on a confidéré que les ruptures des voûtes fe faifoient au milieu de leurs reins, ce n'eft pas que l'on ne fût qu'il arrive quelquefois, qu'elles fe fendent dans d'autres points; mais on démontrera, du moins pour les voûtes en plein ceintre, que lorfqu'elles fe fendent en cet endroit, elles pouffent davantage que fi elles fe fuffent rompues par-tout ailleurs : par conféquent, en calculant d'après cette fuppofition, on a pris le cas le plus défavantageux qui puiffe arriver dans leur rupture, & l'on a donné les moyens les plus puiffans pour prévenir ces accidens [3].

M. Belidor d'après qui j'ai fait le calcul de la pouffée, fuppofe que le centre d'impreffion fe trouve fur le milieu de la longueur des vouffoirs, c'eft auffi de cette maniere que M. Patte l'a confidéré, & il eft certain que cela peut bien arriver ainfi avant que la voûte fe foit entiérement fendue; mais pour peu que la partie fupérieure defcende, toute l'impreffion fe fait fur l'arête du vouffoir qui refte joint aux piédroits : alors le bras de levier de la puif-

---

AD . AK :: GE . GF, par conféquent $b \cdot a :: f - y \cdot$ GF $= \frac{af - ay}{b}$ qui fera le bras de levier de la puiffance agiffante.

La puiffance réfiftante fera exprimée par la fuperficie X G V Q C que l'on fuppofe pour plus de facilité $= XGVS = dy$.

Son bras de levier HC fera $= \frac{1}{2} v$.

De forte que l'on aura $\frac{bnn}{a} \times \frac{af - ay}{b} = dy$ $\times \frac{y}{2}$, d'où l'on tire $\overline{f - y} \times \frac{2nn}{d} = yv$ qui eft une équation du fecond dégré dont la racine $y = \sqrt{\frac{2dfnn \times n^4}{dd} \cdot \frac{nn}{d}}$ eft la formule dont on fe fert pour trouver les piédroits des voûtes.

[3] Si l'on fait le calcul pour une voûte extradoffée & en plein ceintre, qui ait vingt pieds de diametre, dix pieds de hauteur de piédroits & deux pieds d'épaiffeur; on trouvera qu'en fuppofant que la rupture dût fe faire exactement au milieu des reins, l'épaiffeur des piédroits devroit être de 4 pieds 8 pouces 3 lignes.

Mais fi l'on fuppofoit qu'elle dût fe faire à un pied au deffus, on trouveroit alors que l'épaiffeur qu'il conviendroit de donner à ces piédroits pour réfifter à la pouffée, feroit de 4 pieds 7 pouces 6 lignes; & fi l'on eût fuppofé que cette rupture eût dû fe faire à un pied au deffous, alors on auroit trouvé que cette épaiffeur auroit dû être de 4 pieds 6 pouces 1 ligne.

fance agiffante fera moins grand qu'on ne l'a fuppofé pour faire le calcul [4].

Mais ce qui doit entiérement raffurer ceux qui craindroient de fe régler dans la pratique fur la formule de M. de la Hire; c'eft qu'il a fuppofé que, lorfque le coin gliffoit contre les vouffoirs, il ne fe faifoit point de frottement, & que leurs furfaces étoient exactement polies : il n'a certainement pris ce parti, qu'afin que le réfultat de fes calculs donnât une épaiffeur qui fût plus que fuffifante pour réfifter à la pouffée, il favoit que non feulement ces furfaces font entiérement raboteufes, mais qu'elles font encore liées par les mortiers, ce qui augmente beaucoup leur adhérence.

Pour fe former une idée précife de cette hypothefe & pour fentir combien elle eft à l'avantage de la puiffance agiffante, il eft aifé de voir qu'elle ne feroit exactement vraie, que dans le cas où, au lieu de mortier, on auroit placé entre les deux vouffoirs qui font au milieu des reins, de petites boules extrêmement dures, telles que feroit de la potée de fer fondu; ce feroit alors que ces petites boules interromproient non feulement toute liaifon, mais encore qu'elles fupprimeroient abfolument le frottement, que des furfaces, quelque polies que l'on puiffe les fuppofer, auront toujours néceffairement lorfqu'elles glifferont les unes fur les autres.

On voit combien une femblable fuppofition eft éloignée de la maniere ordinaire de conftruire; cependant, fi en l'admettant ainfi que les précédentes, dans toute leur étendue, il eft encore démontré que le poids des piédroits dont l'épaiffeur fe trouve déterminée par

[4] Pour abréger le calcul de la formule, on a fuppofé le centre de gravité du piédroit en M au milieu de la largeur de ce piédroit, tandis qu'il eft réellement plus éloigné de la furface intérieure du mur que de la furface extérieure, à caufe du triangle mixte YQC qui fait faillie du côté de l'intrados de la voûte, & augmente la longueur du bras de levier HG de la puiffance réfiftante. On a encore fuppofé que la voûte fe fendroit fuivant les lignes QV, IU, tendantes au centre, tandis qu'il eft bien plus naturel de penfer que lorfque la rupture fe fera faite le long des vouffoirs, elle fuivra plutôt la verticale, que la prolongation de la coupe de ces vouffoirs; cette circonftance augmentroit encore le poids du piédroit en diminuant celui de la puiffance agiffante.

la

la formule qu'on a rapportée, eft capable d'empêcher tout écartement, ne doit-on pas être bien tranquille fur les événemens ? Peut-on avoir quelque égard aux craintes de ceux qui n'agiroient que par pratique ? Enfin, n'eft-il pas du moins tout à fait inutile d'augmenter l'épaiffeur que l'on trouve par le calcul [5].

[5] Si l'on veut fe rendre compte de combien la puiffance réfiftante eft au deffus de l'équilibre, en réglant l'épaiffeur des piédroits des voûtes, fans avoir égard au frottement, il faut être prévenu que l'on trouve par expérience que pour faire glifler une pierre fur une autre, lorfqu'elle eft le mieux taillée fuivant l'ufage, il faut que la puiffance qui eft appliquée à la faire avancer, foit égale au moins à la moitié de fon poids, & même aux deux tiers, lorfqu'elle eft taillée à la groffe pointe, comme le font les lits des vouffoirs; & que cette puiffance n'eft le tiers du poids, que lorfque les pierres qui gliffent l'une fur l'autre font polies.

Si l'on a deux leviers ( Fig. 2 ) A K, A L, mobiles en A, & qu'à leurs extrémités l'on y applique les puiffances K J, L H, qui foutiennent une boule appuyée aux points K L, il eft évident que, fi le poids de la boule eft exprimée par A C; afin que le tout foit en équilibre, il faudra que les efforts des puiffances foient exprimés par A K, A L : mais, fi l'on vouloit que ce poids fût affez fort pour vaincre les réfiftances en faifant écarter les leviers, il ne pourroit le faire qu'en gliffant fur ces leviers comme fur des plans inclinés ; & fi l'on fuppofoit que le frottement fût égal à la moitié du poids, comme lorfque deux pierres gliffent l'une contre l'autre : il faudroit pour lui faire écarter ces leviers, ajouter deux puiffances A E, A F, qui agiroient fuivant les directions A L, A K, & qui devroient

être chacune égale à la moitié des puiffances qui tiendroient la boule en équilibre ; mais l'on fait qu'au lieu de ces deux puiffances, on en peut fubftituer une feule A G, qui feroit le même effet, & l'on voit par la conftruction que cette puiffance A G, qui exprime le frottement, feroit égale à la moitié de A C qui exprime le poids.

D'où il fuit qu'après avoir trouvé, fuivant la formule de M. de la Hire, l'épaiffeur des murs qui réfifteroient à la puiffance agiffante, on pourroit encore augmenter cette puiffance agiffante d'une moitié en fus, fans que les murs fuffent renverfés.

On peut auffi confidérer une puiffance agiffante, qui feroit affez forte pour être prête à renverfer les piédroits d'une voûte, comme fi elle étoit divifée en trois parties, dont l'une feroit employée à vaincre le frottement, & les deux autres à renverfer les piédroits : ainfi, pour faire le calcul fuivant cette hypothefe, il ne faudroit prendre pour la valeur de la puiffance agiffante, que les deux tiers du poids du coin, & calculer le refte à l'ordinaire.

En faifant le calcul dans l'hypothefe du frottement pour le piédroit T U ( Fig. 1re. ) & nommant PO$=p$ GF$=q$ & PT$=y$, on auroit par l'hypothefe de M. de la Hire $\frac{bnn}{a}q=\frac{dxx}{2}$, & par l'hypothefe du frottement on aura $\frac{2bnn}{3a}p=\frac{dyy}{2}$, par conféquent $\frac{bnn}{a}q . \frac{2bnn}{3a}p :: \frac{dxx}{2} . \frac{dyy}{2}$, d'où l'on tire $xx$. $yy :: 3q . 2p$. Ou bien en fuppofant, pour fimplifier, que $q=p$, ce qui n'eft pas bien

C

A l'égard de la réſiſtance qui provient de la tenacité des mortiers, il eſt évident qu'elle s'oppoſe conſidérablement à l'effort de
la puiſſance agiſſante : ainſi il n'y auroit aucun riſque à conſtruire
des voûtes, en ſuivant des formules où l'on feroit entrer dans le
calcul la réſiſtance qui provient du frottement, puiſque la force
qu'il faudroit pour vaincre la tenacité des mortiers, mettroit toujours la puiſſance réſiſtante au deſſus de l'équilibre.

On pourroit peut-être penſer que, ſi l'hypotheſe de M. de la Hire
eſt favorable à la puiſſance agiſſante dans certains cas, elle peut lui
être déſavantageuſe dans quelqu'autre : on pourroit objecter qu'il
a ſuppoſé que les piédroits ſont adhérens à la premiere partie
de la voûte, & ne forment qu'un ſeul corps, tandis qu'il arrive
quelquefois que la rupture ſe fait vers le milieu de la hauteur de
ces piédroits.

Mais cette objection eſt peu importante : s'il arrive effectivement
que ces piédroits ſe rompent vers le milieu ou dans quelqu'autre
point de leur hauteur, c'eſt toujours lorſque le mur eſt défectueux
en ces endroits, & que par cette raiſon il y a beaucoup moins de
tenacité & de réſiſtance que ſur les fondations ; car s'il ſe trouvoit
quelque vice important de conſtruction dans la hauteur d'un piédroit, quand même il auroit plus d'épaiſſeur que ne preſcrit la
théorie, la rupture ne s'y feroit pas moins : on démontre par le
calcul [6] qu'il faudroit une plus grande action à la puiſſance agiſ-

éloigné de la vérité lorſque les piédroits
ſont élevés, on aura $x \cdot y :: 6 \cdot 4\frac{9}{10}$ ou
environ, comme 6 eſt à 5 ; de ſorte que
dans ce cas l'épaiſſeur du mur trouvée par
la formule de M. de la Hire ſeroit trop
forte d'un ſixieme.

[6] Si l'on ſuppoſoit que le piédroit GV
(Fig. 1re.) pût être rompu vers la moitié
de ſa hauteur au point g, il s'enſuivroit
que le bras de levier fg n'étant que la
moitié de FG, le *momentum* de la puiſſance agiſſante, ne ſeroit auſſi que la moitié

de ce qu'il auroit été, ſi l'on eût ſuppoſé
le point d'appui en G, il eſt vrai que la
puiſſance réſiſtante ſeroit diminuée dans
le rapport de gV à GV ; mais comme gV
eſt néceſſairement plus grand que la moitié
de GV, il s'enſuivra que le *momentum* de
cette puiſſance réſiſtante ne ſeroit pas diminuée de moitié, & que par conſéquent
il l'emporteroit toujours ſur celui de la
puiſſance agiſſante : il eſt cependant vrai
que lorſque la voûte a peu d'épaiſſeur, &
qu'elle n'eſt pas chargée ſur ſes reins, il

fante, pour faire rompre le piédroit vers quelque point que ce foit de fa hauteur, que pour le faire tourner fur fon point d'appui.

On pourroit objecter encore que les voûtes fe fendent quelquefois en différents endroits, au lieu que M. de la Hire a fuppofé qu'elles ne fe fendoient que vers le milieu des reins : peut-être croiroit-on que, dans ce cas, les puiffances agiffantes étant en plus grand nombre, feroient plus d'effet que lorfqu'elles fe trouvent réunies dans un feul effort.

Mais il eft aifé de fe convaincre que la force réfultante de toutes ces preffions, ne peut pas produire contre les piédroits beaucoup plus d'effet que s'il n'y en avoit qu'une feule, puifque c'eft toujours le même poids qui les fait agir.

Ainfi l'on voit que toutes les fuppofitions que l'on a faites dans la réfolution du problême de la pouffée des voûtes font entiérement à l'avantage de la puiffance agiffante ; & comme l'a remarqué M. Belidor, (Science des Ingénieurs, liv. 2, pag. 11,) *En confidérant les chofes dans la rigueur de la théorie, c'eft leur donner tout l'avantage qu'on peut defirer pour la pratique.*

Quelqu'éloignée que l'hypothefe de M. de la Hire paroiffe être de la réalité, il eft cependant vrai qu'en ne confidérant une voûte, que dans l'état où elle fe trouve lorfqu'elle eft nouvellement conf-truite, & avant que les mortiers aient réuni toutes les parties, par leur adhérence en fe defféchant; le fable dont eft compofé le mortier fait à peu près l'effet que produiroient les petites boules dont on a parlé précédemment : les vouffoirs pouvant alors aifément gliffer, le frottement ne doit pas être bien confidérable ; & c'eft dans cette circonftance que la théorie de M. de la Hire feroit d'accord, à peu de chofe près, avec l'expérience.

On ne croit cependant pas que l'on ait jufqu'à préfent cité

---

pourroit arriver que la partie du piédroit conftruite de G en g, en fût plus de la moitié, foit parce qu'on lui auroit donné du talus ou une plus grande épaiffeur, foit parce qu'il ne feroit pas chargé au-deffus des naiffances, & ce feroit dans ce cas feule-ment où il pourroit arriver que la rupture ne fe fît pas exactement fur les fondations.

beaucoup de voûtes nouvellement conftruites, qui foient tombées uniquement par cette raifon, lorfque l'épaiffeur des piédroits étoit d'ailleurs à peu près conforme à celle que l'on trouve par la regle de M. de la Hire. Le magafin à poudre dont parle M. Fraifier, ( Traité de la coupe des pierres, tome 3, page 348, ) auroit dû fubfifter, puifque, indépendamment des contre-forts qui devoient foutenir fes murs, l'épaiffeur des piédroits étoit encore plus forte qu'on ne la trouve par les calculs * : il paroît plus naturel d'attribuer la chûte de ce magafin, à la mauvaife qualité du terrein fur lequel il étoit probablement fondé, qu'au défaut d'épaiffeur de fes piédroits; ainfi que l'a remarqué M. Belidor dans une circonftance femblable. On peut auffi remarquer que, lorfque l'on place le point d'appui à l'extrémité de l'épaiffeur du mur, on fuppofe que le terrein des fondations eft incompreffible; & comme il ne l'eft pas ordinairement, il ne feroit pas étonnant que quelques voûtes renverfaffent leurs piédroits, quoique l'épaiffeur de ces piédroits fût conforme au calcul. Cette obfervation doit engager à donner beaucoup d'empatement aux piédroits des voûtes qui font affis fur un terrein ordinaire; mais elle ne doit avoir aucun poids à l'égard d'une coupole placée fur des voûtes, parce que la tour du dôme eft portée fur une maçonnerie incompreffible. Au refte, fi l'expérience s'accorde avec la théorie de M. de la Hire, lorfque la maçonnerie eft nouvelle, on ne peut en même temps difconvenir qu'elle n'en foit fort éloignée lorfque la maçonnerie a fait corps; on fait que lorfque l'on démolit d'anciennes voûtes, qui ne font pas fendues & dont les mortiers ne font point altérés, elles ne font qu'un feul corps & ne pouffent aucunement, quoiqu'on leur ôte leur buttée.

On peut donc être affuré qu'en laiffant fécher les mortiers, ou qu'en conftruifant des voûtes avec du plâtre, qui fait fa prife

---

* On trouve par le calcul que l'épaif-feur des piédroits de ce magafin auroit pu être de 8 pieds 8 pouces 5 lignes; & M. Fraifier rapporte qu'il avoit neuf pieds d'épaiffeur indépendamment de fes contre-forts.

auffi-tôt qu'il eft employé, on ne feroit pas obligé, à la rigueur, de donner aux piédroits une épaiffeur auffi confidérable que celle que l'on trouve par les calculs.

Rien n'empêche de maçonner avec du plâtre la voûte inférieure de la coupole de Sainte-Genevieve : par ce moyen & en ufant de quelques précautions, fa pouffée feroit peu confidérable ; on pourroit même y employer des matériaux légers, tels que le tuf ou de la brique de médiocre largeur. A l'égard de la feconde voûte, qu'il eft effentiel de faire très-folide & capable de réfifter à l'injure des temps, elle doit être conftruite en pierres de taille ; mais on pourra la laiffer auffi long-temps que l'on voudra fur les ceintres, attendu qu'ils feront cachés par la premiere voûte ; & fi l'on prenoit ce parti, les mortiers auroient le temps d'acquérir la force qui leur eft propre quand ils font durcis.

On environnera auffi fans doute le bas de cette voûte de plufieurs cercles de fer, qui feront toujours utiles, quand même on ne les regarderoit que comme *des moyens précaires* pour réfifter à la pouffée pendant quelque temps, & jufqu'à ce que les mortiers étant abfolument fecs, la maçonnerie ait pris une confiftance folide ; après quoi on pourra confidérer cette voûte comme n'ayant aucune pouffée, & les cercles de fer deviendront alors inutiles : ainfi il n'eft point néceffaire que ce moyen de furérogation foit auffi durable que la maçonnerie ; mais auffi il n'eft pas inutile de l'employer.

## §. II.

### *Réfutation des objeElions propofées contre la conftruElion de la Coupole de l'Eglife de Sainte-Genevieve.*

Tous les raifonnemens que M. Patte fait dans fon Mémoire, pour prouver l'infuffifance des piliers de l'Eglife de Sainte-Genevieve, font appuyés fur ce qu'ils n'ont, dans le fens qu'il les confidere, que trois pieds neuf pouces de largeur : il en conclut que, n'y ayant que cette largeur dans les arcs doubleaux qui puiffe fervir à porter le dôme, les murs de la tour ne pourront avoir plus de trois pieds neuf pouces d'épaiffeur, & en conféquence qu'ils ne pourront foutenir la pouffée d'une voûte de foixante-trois pieds de diametre.

C'eft ici une erreur de fait : ces arcs doubleaux auront réellement cinq pieds & demi de largeur, & feront portés très-folidement, tant par les piliers que par les colonnes engagées. Il eft vrai qu'il y en aura une portion de vingt & un pouce de largeur qui fe trouvera portée par la partie non engagée des colonnes; mais M. Patte fe fait illufion, lorfqu'il s'efforce de perfuader que cette portion des arcs doubleaux ne peut être d'aucun ufage pour porter le dôme : il n'a fans doute pas fait attention que c'eft précifément cette portion qui aura le plus de buttée, attendu que les fept colonnes qui font difpofées fuivant la direction de fa pouffée, doivent porter des murs de plus de cent vingt pieds de longueur, qui lui ferviront de culées; on peut même affurer que cette portion d'arc * aura plus de folidité que celle qui fera uniquement portée par les piliers, puifque avec moins de diametre, elle aura plus de hauteur de coupe. On voit encore par le plan ( Fig. 3ᵉ· ) que chacune de ces parties ne portera au plus que le trentieme du dôme, à caufe du changement de plan qui deviendra circulaire fur une bafe quarrée **.

Mais il eft très-important d'obferver que chacun de ces arcs doubleaux, que M. Patte s'efforce de repréfenter comme féparés en deux parties réellement diftinctes, n'en font abfolument qu'une feule, & que l'on doit d'autant moins les fuppofer divifés, qu'ils concourent dans tous leurs points à produire un même effet, & que l'on peut même les conftruire avec des claveaux d'une feule piece.

Il objecte, pour appuyer fon affertion, que la partie non engagée des colonnes ne pourra fervir de piédroits, à caufe du grand vuide de l'entre-colonnement, & l'on peut inférer de fes raifonnemens,

---

* La partie de l'arc dont le plan eft *l A̶A W x*, eft celle dont il eft ici queftion ( Fig 3. )

** La partie A̶A *l* C eft la portion du focle du dôme porté par cette portion de l'arc.

qu'il croit que la largeur du piédroit d'une voûte est nulle, lorfque elle n'eft pas uniforme dans toute fa hauteur; cependant il doit favoir qu'il eft de principe que, fans avoir égard à la figure des piliers ni aux vuides qu'ils renferment, leur réfiftance dépend uniquement de leur poids & de la diftance de la direction de leur centre de gravité au point d'appui : tout le monde peut voir que les arcboutants que l'on conftruit ordinairement pour foutenir les voûtes des Eglifes, quoique percés à jour, n'en font pas moins capables d'une grande réfiftance.

Dès qu'il eft certain que les arcs doubleaux auront cinq pieds & demi de largeur, on pourra donc fans aucune difficulté donner cinq pieds & demi d'épaiffeur aux murs de la tour du dôme de Sainte-Genevieve; ce qui feroit plus que fuffifant, M. Patte n'ayant trouvé lui-même par fon calcul, que quatre pieds cinq pouces huit lignes, pour l'épaiffeur de la tour d'un dôme plus élevé que celui-ci : d'ailleurs on a vu dans la premiere partie de ce Mémoire, que l'épaiffeur trouvée par les formules étoit fuffifante pour la pratique. On pourroit cependant, fi cela étoit abfolument néceffaire, donner à l'épaiffeur de la tour de ce dôme, conformément aux exemples de la plupart de ceux d'Italie, cités par Fontana & par M. Patte, le dixieme de fon diametre, c'eft-à-dire fix pieds trois pouces dans prefque tout fon pourtour, à l'exception feulement de la partie correfpondante fur le milieu des arcs.

Mais, outre qu'il eft important de décharger le milieu de ces arcs, & que ce feroit vraiment un défaut de leur faire porter le même poids qu'aux piliers, on voit aifément que l'on peut rejeter une partie de la pouffée contre des maffifs, ou contreforts, qui feroient placés fur les pannaches & à plomb des piliers, pour compenfer l'épaiffeur que l'on pourroit retrancher aux parties qui porteroient fur les arcs : ainfi toutes les objections dont on vient de parler tombent d'elles-mêmes par les principes feuls de la théorie.

Je pourrois me difpenfer de pouffer plus loin l'examen des différentes objections que M. Patte a accumulées dans fon Mémoire, fi cet examen ne conduifoit pas à plufieurs remarques intéreffantes fur l'art des conftructions; ce n'eft même que dans cette vue que je vais les difcuter fucceffivement, ayant deffein de ne laiffer aucun doute fur la folidité d'un édifice qui intéreffe *la gloire de nos Arts* autant que *la fûreté publique*.

Fontana, qui a propofé des regles pratiques pour les proportions des dômes, a fixé l'épaiffeur de leurs murs à la dixieme partie de leur diametre; il donne pour hauteur aux murs du tambour environ les fept huitiemes de ce diametre. Mais, comme l'épaiffeur de la tour d'un dôme dépend non feulement de fon diamètre, mais encore de la hauteur des murs du tambour, quand même les proportions qu'il propofe feroient exactement conformes à la théorie, & qu'il faudroit donner fix pieds trois pouces d'épaiffeur aux piédroits d'une voûte de foixante-trois pieds de diametre, ce ne feroit que dans le cas où la hauteur du piédroit feroit de cinquante-quatre pieds, c'eft-à-dire lorfqu'il auroit un tiers de plus de hauteur que ne doit avoir celui de Sainte-Genevieve.

Il faut obferver de plus que Fontana applique la regle qu'il donne à une voûte qui feroit prefque en plein ceintre, & feulement furhauffée d'un douzieme, au lieu que celle du dôme de Sainte-Genevieve fera furhauffée de plus du quart, & formée en tiers point, qui eft l'efpece de voûte qui pouffe le moins : d'ailleurs fes piédroits feront chargés, au-deffus des naiffances, d'un maffif confidérable qui leur donnera beaucoup de force; d'où il fuit que l'épaiffeur doit être beaucoup moindre pour cette coupole, que fi elle eût été projetée fuivant les principes de Fontana, qui font au furplus fort éloignés de ceux que M. de la Hire nous a laiffés.

En fuivant les formules de cet Académicien, M. Patte a trouvé que l'épaiffeur des piédroits d'une voûte en berceau de foixante-trois pieds de diametre, furhauffée d'un douzieme, & qui auroit vingt-quatre pouces d'épaiffeur réduite, & trente-fix pieds de hauteur de piédroit, devroit être de huit pieds dix pouces onze lignes; fi l'on prend la moitié de cette épaiffeur pour une voûte fphéroïde des

mêmes

mêmes dimenſions, qui, ſelon M. Fraiſier ( Ouvrage déjà cité, tom. 3, pag. 401, ) pouſſe environ la moitié moins : cette épaiſſeur ſeroit réduite à quatre pieds cinq pouces ſix lignes, ce qui ſeroit plus d'un quart au-deſſous de la proportion fixée par Fontana.

On a déjà vu que l'épaiſſeur trouvée par le calcul étoit ſuffiſante pour la pratique, qu'en s'y conformant avec exactitude, on ſeroit à l'abri de tous fâcheux événemens, & que l'on pourroit même augmenter le poids de la partie ſupérieure de la voûte d'un cin-quieme, ſans que les piédroits fuſſent renverſés : auſſi a-t-on peine à concevoir ſur quel fondement M. Patte cherche des raiſons pour exiger qu'on augmente cette épaiſſeur, & bien moins encore pour-quoi il propoſe de lui donner plus du double de celle qu'il a trouvée par les formules univerſellement adoptées.

Il dit premiérement, mais ſans en donner aucune raiſon, que l'épaiſſeur indiquée par la Méchanique ne ſuffit pas dans la pratique, & qu'il eſt d'uſage de l'augmenter d'environ un pied pour des voûtes de ſept à huit toiſes. Je ne crois pas que cet uſage ſoit ſuivi par beaucoup d'Ingénieurs ou d'Architectes ; mais quand il le ſeroit, devroit-il prévaloir contre des démonſtrations ? Je ne diſſi-mulerai cependant pas qu'il y a quelques Auteurs modernes qui ont conſeillé d'augmenter de quelque choſe l'épaiſſeur trouvée par la formule de M. de la Hire ; mais ils ne conſeillent pas de l'augmenter de plus d'un ſixieme : d'ailleurs on doit préſumer qu'ils n'avoient pas cherché à ſe rendre compte de combien le frottement met la réſiſtance des piédroits au-deſſus de l'équilibre, & qu'ils n'avoient pas remarqué que l'on pourroit diminuer ( même pour des voûtes élevées ) l'épaiſſeur des piédroits de plus d'un ſixieme, ſans qu'ils fuſſent renverſés ; ils n'entendoient parler, ſans doute, que de voûtes ordinaires placées à rez-de-chauſſée, où une épaiſſeur de mur, trop forte, ne produit d'autre inconvénient qu'une augmen-tation de dépenſe.

Enſuite M. Patte prétend qu'il faut encore ajouter ſix pouces, *à cauſe de la poſition extraordinaire des coupoles qui ſont portées en*

C

*l'air fur quatre points, à une très-grande hauteur, & à caufe du
poids de la lanterne & des impreffions de l'humidité.*

Cette pofition extraordinaire d'une coupole exige en effet que fes
points d'appui foient très-folides; mais lorfque les arcs qui foutiennent un dôme font bien affurés, ils lui fervent de fondation, & fa
voûte eft au même état que fi elle étoit placée au rez-de-chauffée. Si
la pofition extraordinaire de cette voûte exigeoit quelque attention
particuliere de la part de l'Artifte, ce feroit celle de ne donner à
toutes fes parties, exactement que l'épaiffeur trouvée par le calcul,
& jamais d'augmenter cette épaiffeur : cette augmentation qui dans
le cas où une tour feroit bâtie au rez-de-chauffée, ne feroit qu'une
furabondance de forces inutiles, deviendroit alors une furcharge
nuifible à la folidité du refte de l'édifice, à caufe de la *pofition extraordinaire* de cette voûte au-deffus des voûtes inférieures.

J'obferverai que le poids de la lanterne doit néceffairement entrer
dans le calcul, non parce que ce poids étant au fommet, *éloignera
le centre de gravité*, qui agit toujours de même maniere fur les centres d'impreffions, mais parce que le poids de la partie de la voûte
qui forme la puiffance agiffante, en eft augmenté fenfiblement.

M. Patte ne fe borne pas à vouloir qu'on augmente, fans nécef-
fité, l'épaiffeur des murs de plus d'un quart; il prétend encore
qu'on doit faire un fous-baffement de deux pieds d'épaiffeur, pour
porter des colonnes engagées qui ferviroient de contre-forts : &
fous le prétexte que *l'on augmente ordinairement l'épaiffeur des murs
dans les fondations*, il propofe d'ajouter à la bafe de la tour du
dôme de Sainte-Genevieve *la moitié de fon épaiffeur;* ce qui lui
donneroit enfin plus de neuf pieds de largeur. Tâchons de faire
fentir que c'eft fans aucun fondement qu'il fait une femblable
propofition.

Il eft fans doute important, en général, de donner aux fondations
des bâtimens, de larges empâtemens; mais on doit auffi obferver
qu'ils ne font réellement néceffaires, que lorfque le terrein n'étant
pas affez folide pour fupporter un poids confidérable, on croit être

obligé d'augmenter l'étendue du fol qui doit porter l'édifice. On ne connoît point d'ailleurs de regles fixes qui aftreignent à donner à ces empâtemens la moitié de la largeur du mur : cette largeur doit être d'autant plus grande que le terrein eft moins folide, & que le mur qu'il doit fupporter fera plus élevé ; mais lorfque le fol eft affuré par lui-même ou qu'il eft affermi par l'art, cette augmentation d'épaiffeur devient inutile & ne fert en aucune maniere à donner de la folidité à un mur, qui a d'ailleurs une force convenable.

Une coupole bien ordonnée eft dans ce cas : fes fondations font affifes fur des voûtes que l'on peut regarder comme un fondement incompreffible, lorfque les points d'appui de ces voûtes font euxmêmes bien affurés ; car s'ils ne l'étoient pas, la plus grande épaiffeur que l'on donneroit à la bafe de la tour d'un dôme, ne ferviroit qu'à en précipiter l'enfoncement, par la furcharge que ce poids occafionneroit.

Lorfque l'on met des *contre-forts* pour foutenir une voûte, c'eft pour éloigner le point d'appui & pour diminuer le cube de la maçonnerie ; ils font d'autant plus convenables à une coupole, que l'on doit avoir pour objet principal d'en diminuer le poids : auffi l'Architecte de Sainte-Genevieve n'a pas négligé ce moyen ; toutes les colonnes engagées font autant de contre-forts ; il a placé de plus, pour le même objet, quatre grands avant-corps qui portent immédiatement fur les maffifs, afin que la pouffée foit dirigée principalement fur ces grands points d'appui. Ainfi, bien loin que l'on foit obligé, dans cette circonftance, d'augmenter l'épaiffeur que l'on trouve par le calcul, les contreforts que l'on doit employer autoriferoient à la diminuer [7].

[7] M. Patte tire de la comparaifon qu'il fait des dômes qui font exécutés, plufieurs regles qu'il propofe pour fixer leurs dimenfions : il veut que *l'épaiffeur du tambour d'un dôme foit au moins le dixieme de fon diametre*, que *l'épaiffeur des contre-forts* *roule du fixieme au huitieme de ce diametre, & qu'enfin la largeur des piliers deftinés à le porter, foit depuis le quart jufqu'au feptieme de ce même diametre* ; il affirme de plus qu'il ne fauroit y avoir de voûtes en ce genre, conftruites fuivant d'autres proportions ;

Il paroît par le deſſein de cette Egliſe, publié en 1757, que l'intention de l'Architecte eſt d'élever un grand ſocle quarré juſqu'à trois pieds environ au-deſſous de la baſe des colonnes du dôme; cela étant ainſi, en faiſant le calcul de la pouſſée de la voûte, on ne devroit plus compter la hauteur des piédroits, que de vingt-quatre pieds, puiſque ce ſocle doit être regardé comme leur fondation : cette conſidération donneroit encore lieu à une diminution ſur l'épaiſſeur que l'on a trouvée en ſuppoſant les piédroits de trente-ſix pieds de hauteur. Il eſt donc démontré que, loin d'être obligé de donner aux murs de la coupole de Sainte-Genevieve une épaiſ-ſeur plus grande que celle que M. Patte a trouvée par ſon calcul, pour la coupole qu'il a propoſée, & qui eſt très-différente du dôme dont il s'agit, on auroit beaucoup de raiſons qui permettroient de diminuer aſſez conſidérablement cette épaiſſeur, ſans que l'on courût aucun riſque.

L'objection que fait cet Auteur, au ſujet des *contrevents*, n'eſt pas mieux fondée que celle qui a pour objet l'épaiſſeur des murs. Quoiqu'il ſoit à propos de contreventer le pied d'un dôme, pour

---

*parce que ces principes ſeroient contraires aux loix de l'équilibre & de la peſanteur.*

Mais, outre que des regles dont les termes extrêmes ſont ſi différens, ne peu-vent pas être regardées comme des prin-cipes que l'on doive ſuivre, ces aſſertions ſont d'autant moins concluantes, qu'il eſt conſtant qu'il ne peut y avoir aucune regle certaine pour déterminer ces dimenſions, uniquement par leur rapport avec le dia-metre de la tour.

L'épaiſſeur des murs de la tour d'un dôme doit être d'autant moindre, à diametre égal, que la hauteur du dôme eſt plus petite & que la voûte eſt plus ſurhauſſée.

L'épaiſſeur, ou plutôt la longueur de la baſe des contreforts, doit être d'autant plus étendue, que leur largeur eſt plus

petite; qu'ils ſont en moindre nombre ou plus éloignés les uns des autres, & que le mur de la tour qui eſt entre eux, eſt moins épais.

A l'égard de la largeur des piliers qui portent un dôme, elle n'a aucun rapport fixe à ſon diametre; cette meſure dépend uniquement du parti que l'Architecte prend pour ſoutenir la pouſſée de la coupole : s'il n'emploie point de contre-forts ſur les cerveaux des voûtes, les piliers pourront n'avoir que la même épaiſſeur de la tour; mais s'il emploie des contreforts ou des arcboutants ſur ces voûtes; alors c'eſt la longueur de ces arcboutants, qui regle la largeur des piliers : on voit qu'à l'Egliſe de Saint-Paul elle eſt le quart du diametre. Elle pourroit même être plus grande.

éloigner le point d'appui, on peut cependant s'en difpenfer, lorfqu'on a donné aux murs des épaiffeurs convenables; & pour ce qui
concerne la coupole dont il s'agit, il eft aifé de voir qu'à l'exception
des parties qui font au-deffus du milieu des nefs, tout le refte peut
être contreventé par des arcboutants, ou par des contre-forts qui
porteroient fur les reins des arcs, parce que l'on peut diriger prefque
entiérement la pouffée de la voûte du dôme contre ces parties, en
faifant dans cette voûte de grandes lunettes au-deffus de ces arcs:
le principal objet du grand focle quarré, eft de contre-venter la
tour du dôme.

Quoique l'on ait fait voir précédemment que les feuls arcs portés
par le pilier & par les colonnes engagées, feroient fuffifamment
larges pour l'épaiffeur qu'il eft néceffaire de donner à la tour du
dôme; cependant, fi on avoit quelques raifons particulieres pour
placer fur les voûtes de grandes faillies ou des contre-forts
très-allongés, je ne crois pas qu'il fût difficile de conftruire en
pierres de taille les quatre berceaux qui doivent être portés par
les feize colonnes de la nef qui font les plus proches du dôme, ni
de former dans leur entre-colonnements des lunettes en berceau,
pour rejeter le poids, d'un côté contre les grands arcs, & de l'autre
contre les pendentifs; il n'y auroit dans cette conftruction pas
plus d'inconvénient, qu'il y en auroit *à percer d'une large ouverture
la culée d'un pont* qui feroit contre-butée par des murs de quai, &
dont la lunette que l'on y perceroit feroit continuée affez loin
pour fervir de butée aux reins de la voûte.

Dans la circonftance dont il eft ici queftion, cette *culée* & ces
reins feroient contre-butés par toutes les voûtes & par les arcs des
bas côtés, fur plus de cent pieds de longueur : quels plus forts points
d'appui les Architectes les plus timides pourroient-ils defirer?

On ne voit point fur quels principes ni fur quelles démonftrations
M. Patte s'appuie lorfqu'il affure qu'une voûte en tiers point très-
furmontée, n'eft pas capable de porter un poids confidérable : de
quelque maniere que l'on confidere la voûte qui doit couronner

le dôme de Sainte-Geneviève, foit qu'on la regarde comme une voûte en ogive par le dedans, foit comme un cône, ou comme une pyramide par le dehors; il eft aifé de fe convaincre que de toutes les voûtes qui doivent porter des fardeaux à leur fommet, les plus fortes feront toujours celles qui feront les plus furhauffées. Tous les gens de l'art favent que la plate-bande eft la voûte la moins capable de porter un poids confidérable, auffi ne la chargent-ils jamais, & ils ont grande attention de faire au-deffus des arcs en décharge. Une voûte furbaiffée eft moins forte qu'une voûte en plein ceintre, & celle-ci a moins de force, à proportion, qu'une voûte fur-hauffée; de forte que la meilleure maniere de faire porter un poids confidérable à une voûte, eft de la furhauffer beaucoup, ou mieux encore de la terminer en pyramide [8].

Si l'on fortifie la bafe de cette pyramide, en lui donnant une courbure à l'intérieur, on n'en diminue certainement pas la folidité; la partie fupérieure étant évidée, ne forme pas une diffé-rence confidérable avec la ligne droite parallele de l'extérieur: d'ail-leurs cette épaiffeur peut être avantageufe pour augmenter le frot-tement dans une partie qu'il eft effentiel de confolider, puifqu'elle porte le poids de la lanterne; ainfi l'on ne conçoit pas où l'on pourroit trouver dans cette efpece de voûte, *un ventre vicieux,* *contraire à fa folidité.*

---

[8] La force du poids qui charge une voûte, fera d'autant plus efficace, que la clef de la voûte fur laquelle il eft appuyé, formera, par fa coupe, un coin plus obtus. Or, dans une voûte en pyramide, cet angle formé par les deux faces du coin eft toujours le fupplément de celui qui forme le fommet de la pyramide; de forte que fi cet angle eft droit, comme il l'eft à la coupole de Sainte-Geneviève, l'angle du coin fera un angle droit, & l'effort fera au poids à peu près comme 7 eft à 5: au lieu que fi la voûte eft en plein ceintre, la tête du coin reftant la même & égale au diametre de la lanterne, la longueur de ce coin feroit égale au demi-diametre de la tour, de forte que l'effort que feroit la lanterne fur cette coupole, feroit à fon poids, comme le diametre de la tour eft au diametre de la lanterne, c'eft-à-dire comme 6 eft à 1 ou comme 30 eft à 5; par confé-quent l'effort que feroit le poids de la lan-terne fur une voûte pyramidale, eft à celui qu'il feroit fur une voûte en plein ceintre, comme 7 eft à 30.

Il est indispensable pour tirer parti des contre-forts qui contre-
buttront le dôme, de faire des lunettes vis-à-vis les croisées en œil
de bœuf, qui éclairent la partie comprise entre les deux voûtes;
mais il n'est pas nécessaire que ces huit lunettes soient égales : on
en fera sans doute quatre grandes au-dessus du milieu des nefs, &
quatre petites au-dessus des pans coupés. Alors les arcs doubleaux
feront beaucoup plus proches des fenêtres qui font sur les pendentifs,
que des autres, & le poids sera rejeté en grande partie contre ces
contre-forts.

On voit par-là que l'on pourroit diminuer l'épaisseur du mur
qui est sur le milieu des arcs; de telle sorte que, quand même les
arcs ne pourroient avoir pour largeur que trois pieds neuf pouces,
au lieu de cinq pieds & demi qu'ils auront réellement, cette partie
du mur seroit encore suffisante, puisqu'à la rigueur on pourroit
la supprimer par le moyen des grandes lunettes; & comme le grand
arc, joint à la partie du pannache auroit, dans l'endroit où commen-
ceroit l'arc doubleau de la coupole, près de sept pieds d'épaisseur,
on pourroit donner la même épaisseur au mur, & l'augmenter
considérablement au-dessus des piliers.

On doit avec d'autant plus de raison chercher à diminuer le poids
sur le milieu des arcs, que c'est là où se fait le plus grand effort
pour faire baisser les voussoirs des clefs, & qu'en le rejetant sur les
reins, on foulage plutôt les points d'appui, qu'on ne les charge.

Comme il ne s'agit ici que de résoudre le problême proposé par
M. Patte, & non de répondre à la critique qu'il fait de la forme
du dôme de Sainte-Genevieve, on se contentera de dire sur ce
dernier objet, que la forme ordinaire d'un dôme terminé en calotte,
produit un plus grand raccourci que la forme pyramidale; que cette
derniere est peut-être plus analogue à un tombeau de la patrone
de Paris, que tout autre couronnement; que l'usage d'un dôme
étant d'éclairer le centre de l'Eglise, il n'y a aucune nécessité de
l'élever à l'intérieur au-delà des fenêtres; enfin, que l'Architecte a
peut-être voulu éviter de faire monter une tour fort élevée, parce

qu'il n'eût pu la décorer que d'une petite architecture, relativement au reste de l'édifice, & qu'il paroît convenable de donner à
la hauteur totale du dôme, prife depuis le pavé de l'Eglife, au plus
deux fois & demi fon diametre, pour s'accorder avec les proportions ordinaires, fixées par l'ufage.

Si cet arrangement, que l'on repréfente comme *bizarre*, *avoit
été imaginé après coup*, *afin de favorifer l'infuffifance des piliers pour
porter une coupole ordinaire*, il eut été bien plus fimple de ne faire
qu'une voûte en cul de four.

Il eft vrai que M. Patte prétend encore que les arcs doubleaux
ne feroient pas fuffifants pour réfifter à la pouffée horizontale de
cette voûte, & qu'ils ne pourroient être contre-butés par les voûtes
des nefs qui doivent être faites à la légere : cependant il lui étoit
aifé de voir, que ces voûtes des nefs feront auffi conftruites en
cul de four, portés par des pannaches; que, quoiqu'elles fuffent
faites à la légere, on pourroit toujours conftruire le plan circulaire
en pierres, & que ce plan faifant l'effet d'une voûte horizontale,
réfifteroit à la pouffée de la voûte du milieu, en renvoyant cette
pouffée contre les pannaches.

Il fait enfuite une longue énumération des porte-à-faux, qu'il
prétend avoir remarqués & qu'il regarde comme autant de défauts
effentiels, comme s'il n'étoit pas généralement connu de tous les
Architectes & de tous les Conftructeurs, que les objets qu'il critique
ceffent d'être des porte-à-faux, lorfqu'à défaut de puiffances directes, ils font contre-butés par des puiffances obliques équivalentes,
& il n'y en a pas un feul de ceux qu'il critique qui ne foit ainfi
contre-buté.

Ce ne feront pas les murs placés fur les files des colonnes qui
ferviront de contre-forts, ce feront les arcs qui porteront immédiatement fur ces colonnes : ainfi, bien loin que les fenêtres qui
feront ouvertes dans ces murs produifent des défauts; c'en feroit
un au contraire de n'en point faire, ou du moins de ne pas conftruire à la légere, l'intervalle compris entre ces arcs, puifque fans

ces

ces précautions ces murs feroient portés fur les plates-bandes, ou
du moins fur les arcs en décharge : fi vers le chevet de l'Eglife il
ne fe trouve point de mur pour contre-buter directement ce rang
de contreforts (Fig. 7) l'on a formé à côté de ce chevet, un vefti-
bule dont la voûte en arête foutiendra l'effort de cette pouffée,
& la rejettera contre deux maffifs; l'un, dans lequel eft pratiqué un
petit efcalier, & l'autre contre un des angles de la tour du clocher.

M. Patte annonce, dans un Avant-Propos, que le fujet du
problême qu'il propofe, fe réduit à examiner *s'il eft poffible d'élever
fur un mur ifolé*, DE TROIS PIEDS NEUF POUCES *d'épaiffeur & de
quatre-vingt pieds d'élévation, un autre mur de plus* DE HUIT PIEDS
*d'épaiffeur par le bas, & de quarante pieds de hauteur, avec l'obli-
gation de faire foutenir à ce dernier mur, la pouffée de deux grandes
voûtes.*

C'eft d'après le détail des difcuffions précédentes, que l'on jugera
fainement s'il a pu, avec quelque vraifemblance, faire l'application
d'une femblable propofition à la coupole de Sainte-Genevieve. On
verra bientôt que le mur qu'il prétend être ISOLÉ, fera ou pourra
être contre-buté par toutes les parties de l'Eglife : on fait déjà que
ce mur, au lieu de n'avoir (comme il le dit) que trois pieds neuf
pouces d'épaiffeur, en aura plus de quatorze, dans le fens de la
pouffée, & que c'eft dans ce fens qu'il doit être confidéré; on doit
encore obferver que la partie dont il parle ne fe trouvera réduite à
trois pieds neuf pouces de largeur (& non pas d'épaiffeur) que fur un
pied de longueur feulement, & l'on verra qu'il ne fe fera aucune
pouffée dans ce fens, & que l'épaiffeur du pilier fera confidérablement augmentée par le pan coupé, & que ce pilier fera encore
renforcé par les trois colonnes engagées : mais la prévention de cet
Auteur l'emporte fi loin, qu'il avance dans une note que, bien
loin que les colonnes augmentent la force des arcs, elles fervent
plutôt à les affoiblir. On fera voir, enfin, que le mur qui doit être
porté par celui dont il s'agit & auquel on pourroit donner au moins
huit pieds d'épaiffeur, s'il étoit néceffaire, peut au contraire être

D

réduit à quatre pieds, & se trouver dans cet état, encore une moitié au-dessus de la résistance déterminée par les principes de sa propre théorie : enfin, il est clair qu'il ne suppose pas, pour le mur du bas, le quart de l'épaisseur qu'il aura réellement ; tandis qu'il insinue qu'il faudroit donner au mur du haut, plus du double de l'épaisseur qui lui sera nécessaire.

Si j'ai passé sous silence quelques articles de son Mémoire, c'est parce qu'ils sont trop visiblement hasardés, pour qu'il soit nécessaire de les réfuter : tel est celui où il parle de la colonne engagée dans l'angle du pilier, laquelle ( selon lui ) *ne lui donne qu'une apparence factice de largeur, au delà de trois pieds neuf pouces, & n'est qu'un* MASQUE *incapable d'en augmenter la force.*

Tel est celui où il dit que *la partie de l'arc portée par cette colonne, au lieu d'augmenter la force de l'arc doubleau, doit servir à l'affoiblir,* tandis qu'en effet elle double au moins son épaisseur dans cette partie.

Telle est encore *l'épaisseur du pilier sur la diagonale,* qui, selon lui, *devient inutile pour résister à la poussée, parce qu'il y a dans ce dôme une croisée vis-à-vis le pan coupé* [9].

[9] J'aurois pu aisément, pour opposer des exemples à ceux rapportés par M. Patte, comparer des constructions légeres & plusieurs plans d'Eglises gothiques, si je n'avois appris que M. Soufflot en faisoit graver dans ce genre : je rapporterai seulement ici les mesures d'un seul dôme construit à la moderne, c'est celui des Dames Bernardines de Dijon ( Pla. 1re. Fig. 5, n°. 2. ) Ce dôme a cinquante-un pieds de diametre intérieur, son tambour a trente-deux pieds de hauteur ; il est percé de douze grandes fenêtres, qui occupent près des deux tiers de son pourtour & la moitié de sa hauteur, ce qui affoiblit considérablement la résistance des piédroits : la voûte est construite en maçonnerie de moilons ; elle est à peu près sphérique & divisée en huit parties, par des arcs doubleaux en pierres de taille, soutenus par des arcboutans qui n'occupent que la cinquieme partie de la circonférence : leur saillie au dehors n'est que de dix-huit pouces vers la moitié de leur hauteur, & de trente-deux pouces à leur base ; les murs de la tour n'ont cependant que trois pieds d'épaisseur sur plus des deux tiers de leur longueur, & trois pieds & demi sur quatre petits avant-corps qui en font environ le tiers. On voit que ces mesures s'accordent peu avec celles que M. Patte a citées, puisque leur épaisseur n'est que le seizieme du diametre intérieur, au lieu du dixieme ; les contre-forts sont peu considérables, & il y a près d'un quart de vuide formé par les fenêtres.

## §. III.

*Réflexions sur les exemples des dômes mis en parallele avec celui de Sainte-Geneviève.*

Les plans des dômes de Saint-Pierre de Rome, de Saint-Paul de Londres, du Val-de-Grace, de la Sorbonne & des Invalides, avec ceux des piliers qui servent à les supporter, sont rapportés dans le Mémoire de M. Patte, afin d'en faire la comparaison avec le dôme de l'Eglise de Sainte-Genevieve & les piliers qui doivent le soutenir. On ne disconviendra point qu'à la premiere inspection, les piliers de cette derniere Eglise, comparés aux autres, ne paroissent extrêmement petits; mais il n'en résulte aucunement qu'ils soient insuffisants, ni que ces exemples prouvent, autant que M. Patte voudroit le persuader & qu'il le croit peut-être, qu'il y a une disproportion fort considérable entre les dimensions de celui-ci, & celles des dômes qui ont été exécutés jusqu'à présent.

D'abord il est très-important de remarquer que ce n'est pas seulement d'après les exemples des édifices qui subsistent, que l'on peut établir des regles sûres pour fixer les dimensions de ceux que l'on voudroit construire; il faudroit encore leur comparer les mesures d'autres dômes, qui se seroient écroulés [10] uniquement parce qu'on n'auroit pas donné une épaisseur suffisante aux piliers & aux piédroits de leurs voûtes. En effet, à ne consulter que les premiers, on n'auroit aucun moyen pour savoir si l'épaisseur que l'on donne aux murs n'est pas réellement trop considérable; cependant on sait que, dans quelques circonstances, une épaisseur trop forte seroit un défaut aussi grand, que le seroit une épaisseur trop foible : les deux excès peuvent tendre également à la ruine de l'ouvrage.

____

[10] Je ne connois que le dôme de St. Pierre, qui ait éprouvé des ruptures auxquelles on a remédié il y a quelques années; mais elles ne sont certainement pas venues du défaut d'épaisseur des piliers, peut-être même est-ce leur trop grande masse qui a été cause de cet événement.

Par exemple, il faudroit favoir précifément les dimenfions que le Pere Guarini avoit données aux fupports qui ne fe font pas trouvés fuffifants pour réfifter à la pouffée des voûtes de l'Eglife de Saint-Philippe de Néri à Turin : ce feroit en les comparant avec ceux de Sainte-Genevieve, que l'on pourroit fonder quelques doutes raifonnables fur la poffibilité de l'exécution de la coupole de cette derniere Eglife; car, pour prononcer que l'on ne peut élever cet édifice, il faudroit démontrer que toutes les circonftances étant abfolument femblables, on ne peut pas faire les fupports de fon dôme plus épais que ceux qu'on avoit faits à l'Eglife de Turin.

Ce fera toujours en vain que l'on citera pour exemples, des édifices qui fubfiftent avec de très-grandes épaiffeurs de murs, tant que l'on ne prouvera point que ces édifices ne pourroient fubfifter, fi l'on avoit diminué de quelque chofe leur épaiffeur.

Sans rien retrancher de l'eftime que l'on doit aux Architectes qui les ont érigés, n'eft-il pas permis d'avoir quelque défiance fur des proportions qu'ils ont réglées de génie, & fans avoir été guidés par aucune théorie? C'eft du point où ils fe font arrêtés, que l'on peut partir pour appliquer la Géométrie & la Méchanique, au calcul de la pouffée des voûtes : car, avant que M. de la Hire eût écrit fur cette matiere, on fuivoit, pour ainfi dire au hafard, une pratique fuffifante peut-être pour des ouvrages ordinaires, mais dont on ne pouvoit ni fe rendre compte, ni répondre, lorfqu'il s'agiffoit d'élever de vaftes édifices dont on n'avoit pas encore eu de modeles.

Ainfi l'on peut croire, avec quelque raifon, que les Architectes qui ont conftruit les premiers dômes, n'ayant rien vu de pareil dans l'Architecture antique, crurent faire les ouvrages les plus hardis, lors même que, *dans la crainte d'échouer dans leurs entreprifes,* ils excédoient confidérablement les proportions néceffaires pour les foutenir : ceux qui les ont fuivis n'ayant point d'autres guides, les ont imités; ils ont regardé comme des principes certains, une pratique & des ufages qui n'avoient de fondements que dans la timidité des inventeurs.

On ne peut douter que ces fameux Artiftes n'euffent emplöyé des moyens plus fimples, s'ils avoient été guidés par une théorie fûre comme on l'eft aujourd'hui : il y auroit donc de l'inconfé-quence à fe conduire encore par ces exemples, plutôt que de faire ufage des découvertes à la faveur defquelles on n'agit plus au hafard, & qui affurent le fuccès de ces fortes d'entreprifes.

Si l'on examine attentivement, d'après ces réflexions, les exem-ples que M. Patte met en parallele avec le dôme de Sainte-Gene-vieve, on trouvera qu'il y a réellement une difproportion bien plus manifefte entre quelques-uns de ces dômes comparés entr'eux, que comparés avec celui-ci.

En effet, fi l'on cherche par la théorie l'épaiffeur que doivent avoir les piédroits des arcades qui ont pour hauteur le double de leur diametre, telles que font celles de la plupart des Eglifes que l'on a citées, on trouvera qu'elle doit être environ le tiers de ce diametre : cependant, dans les piliers de l'Eglife de Saint-Paul de Londres, ils n'en font pas le quart; & dans ceux de l'Eglife de Saint-Pierre de Rome, ils en font prefque les trois quarts.

On ne fauroit dire que ce qui a engagé à donner une épaiffeur fi différente aux piliers de ces deux Eglifes, c'eft que, dans l'une, ils font contre-butés par des maffifs, & que dans l'autre ils ne le font pas : car, fi M. Patte eût rapporté en entier le plan de l'angle de la croifée de l'Eglife de Saint-Pierre de Rome, comme il l'a fait pour l'Eglife de Saint-Paul & pour toutes celles qu'il a citées, on auroit vu que les piliers qui fupportent le dôme de Saint-Pierre, ne font pas moins contre-butés par les parties voifines, que ceux de Saint-Paul, de Sainte-Genevieve & de toutes les autres Eglifes.

Il n'eft pas moins intéreffant d'obferver que les piliers du dôme du Val-de-Grace, & ceux de la Sorbonne, auroient à peine une épaiffeur fuffifante pour réfifter à la pouffée, s'ils étoient ifolés; mais, ce que l'on ne verra pas fans une forte d'étonnement, c'eft que les piliers du dôme de Sainte-Genevieve dont on veut fufpecter la folidité, font dans une proportion plus forte que ceux de la

Sorbonne, ceux de Saint-Paul & ceux du Val-de-Grace, & qu'ils ont réellement pour épaisseur, plus du tiers de la largeur de la nef; ce qui les rend capables de résister seuls à la poussée des arcs, quand même ils ne seroient pas contre-butés par les parties voisines.

La largeur des arcs doubleaux est, à la vérité, beaucoup moindre à Sainte-Genevieve que dans les exemples qu'on a cités; mais il faut bien faire attention que cette largeur ne dépend en aucune façon, ni de l'ouverture de l'arcade, ni du diametre du dôme; & l'on ne concevra jamais pourquoi M. Patte insiste à vouloir absolument confondre, avec l'épaisseur des piliers, ce qui ne fait que leur largeur! Il est incontestable que le plus ou le moins de largeur du devant de ces piliers ne sert, en aucune maniere, pour résister à la poussée : cette résistance dépend, comme on l'a dit, uniquement du poids de ces piliers & de leur épaisseur.

Ce n'est pas sur le devant des piliers butants d'une voûte, que l'on doit observer de donner une grande largeur; il est bien plus essentiel que cette largeur se trouve derriere les piliers, où se fait toute la pression, & c'est de cette maniere que sont faits ceux dont il s'agit : s'ils n'ont que trois pieds neuf pouces de largeur sur le devant, sans y comprendre les colonnes; ils ont plus de quatorze pieds à leur extrémité. Personne n'ignore que les piliers de l'Architecture gothique n'ont presque aucune largeur sur le devant, & que ce sont ordinairement des prismes à quatre faces, posés diagonalement, qui portent les nervures des voûtes sur leurs arêtes, ou du moins sur des colonnes grêles qui sont sur leurs angles.

La largeur que l'on doit donner aux piliers d'un dôme, dépend uniquement du parti que prend l'Architecte pour soutenir la poussée de la voûte : s'il emploie des contre-forts très-allongés avec des arcboutants pour contre-venter le socle, comme a fait l'Architecte de Saint-Paul de Londres, il faut que ces piliers soient fort larges; si au contraire on se propose de donner au tambour, une épaisseur suffisante pour résister à la poussée de la voûte, ils peuvent être fort étroits relativement au diametre du dôme & à sa hauteur.

L'Architecte de Sainte-Genevieve a pris un parti moyen entre ces deux manieres, il a voulu soutenir sa Coupole par des contre-forts pour diminuer le poids des maçonneries ; mais comme il a voulu en même temps décharger le cerveau des arcs doubleaux, il n'a pas distribué comme à l'ordinaire, ces contre-forts, dans tout le pourtour du dôme : il les a placés feulement fur les gros piliers, où ils feront établis très-folidement & où ils ne chargeront aucunement les voûtes : il a pris, conféquemment à cette conf-truction, le parti de former de grandes lunettes vis-à-vis le milieu des nefs, afin de renvoyer le plus grand effet de la pouffée contre ces maffifs ou contre-forts ; par ce moyen, il fera libre de donner peu d'épaiffeur à la tour du dôme au-deffus des voûtes, & par conféquent il n'étoit pas néceffaire qu'il donnât une grande lar-geur aux arcs doubleaux ni aux piliers qui doivent les fupporter.

Il eft même aifé de voir qu'il pouvoit décharger entiérement le milieu des arcs doubleaux, en pratiquant de larges ouvertures dans le dôme, au-deffus des quatre nefs, & fi l'on fuppofe ces ouver-tures de douze pieds feulement, il eft évident que l'on pourroit donner au refte de la tour du dôme une épaiffeur uniforme, & qui feroit égale au dixieme de fon diametre, conformément aux exem-ples cités dans le Mémoire qu'on examine.

On peut conclure, de ces obfervations, que quand même les colonnes engagées dans les piliers ne formeroient aucune réfiftance à la pouffée de l'arc doubleau, la partie feule de cet arc, qui eft foutenue par le maffif du pilier, feroit encore fuffifamment large pour porter la tour du dôme.

En cherchant les raifons qui ont pu engager les Architectes à donner une grande largeur à la plupart des piliers qui fervent à fupporter les dômes, on reconnoît aifément qu'ils n'ont prefque jamais eu pour objet de la régler, relativement à l'épaiffeur du tambour & de fes contre-forts : car de tous les exemples que l'on a cités, il n'y a qu'au dôme de Saint-Paul de Londres, où l'Archi-tecte paroiffe avoir allongé fes piliers, relativement à la longueur des arcboutants de ce dôme. A la Sorbonne, l'arc doubleau eſt deux fois & demi plus large que la plate-forme ſur laquelle le dôme eſt établi; au Val-de-Grace, la largeur des piliers excede de beaucoup la ſaillie des contre-forts.

Ainſi il eſt fort probable que la décoration de ces Egliſes étant formée par des arcades portées ſur des piliers, l'intention des Archi-tectes a été ſeulement de donner plus de largeur aux parties qui devoient tenir lieu de *culées*, qu'à celles qui ne devoient ſervir que de *piles*; & comme ces *piles* étoient décorées chacune par un pilaſtre, ils en ont mis deux aux extrémités : cette grande largeur des piliers doit donc être plutôt regardée comme une ſuite de l'ordonnance que l'Architecte avoit choiſie pour la décoration, que comme une conſéquence de l'épaiſſeur du tambour du dôme.

A l'égard du dôme des Invalides, on voit clairement par ſon plan, que l'épaiſſeur de ſes piliers & leur largeur n'eſt aucunement relative à celle des piliers des dômes dont on vient de parler : les quatre bras de la croix ſont couverts de voûtes maſſives, qui pour-roient porter un dôme dont les murs ſeroient trois fois plus épais que ceux du dôme actuel.

M. Patte, qui a détaillé dans ſes Mémoires ſur l'Architecture les raiſons qui ont fait augmenter ſi extraordinairement les épaiſ-ſeurs des piliers qui portent le dôme de Saint-Pierre de Rome, & qui ſait qu'ils n'ont été augmentés que dans la vue de conſolider cet édi-fice qui peche par les fondations, n'auroit pas dû mettre en parallele ces piliers avec ceux d'une Egliſe fondée très-ſolidement & avec les plus grandes précautions.

Il auroit encore moins dû offrir, pour modele d'une conſtruction à faire, un plan qui n'auroit jamais eu d'exiſtence, ſi l'on ne s'étoit cru obligé de conſolider un ouvrage que l'on voyoit ſe détruire avant qu'il fût élevé.

On a grand tort de reprocher à Bramante, de n'avoir pas aſſez étudié les dimenſions qui convenoient aux ſupports du dôme qu'il vouloit élever; on voit par le magnifique plan qu'avoit donné cet

Architecte,

Architecte, qu'il avoit fixé l'épaisseur de ces piliers à la moitié de la largeur de la nef ; ce qui étoit plus que suffisant pour résister à la poussée des arcades, sans même avoir besoin d'être contre-butées par les arcades voisines, comme elles l'ont été depuis.

L'on rapporte effectivement que les arcades qu'il avoit fait construire sur ces piliers, s'ouvrirent peu de temps après sa mort ; mais ce n'étoit certainement pas le poids du dôme qui les avoit fait ouvrir, puisqu'il n'étoit pas commencé : on sait qu'un peu trop de précipitation de la part de l'Architecte à élever son ouvrage, & l'ardeur avec laquelle Jules II en pressoit peut-être l'exécution, lui firent passer trop légérement sur la solidité des fondations ; il crut pouvoir se servir utilement de celles du Cirque de Néron, & de la premiere Basilique de Saint-Pierre, que l'on avoit construite au-dessus. Mais indépendamment de ce que ces anciens édifices pouvoient n'être pas établis sur de bons fondemens, il fut obligé de fonder à neuf deux des piliers du dôme ; & dèslors le tassement ne put pas être uniforme.

Les Architectes qui travaillerent à cette Eglise après Bramante, & jusqu'à ce que Michel-Ange y eût mis la derniere main, s'attacherent principalement à grossir à l'excès les quatre piliers, au point qu'ils ont actuellement beaucoup plus du double de la surface que Bramante leur avoit donnée. Peut-être auroit-on pu se contenter d'augmenter la superficie des fondations par de larges empâtements, assis sur un terrein consolidé par des pilotages ou par d'autres moyens, & lier ces piliers par des arcs droits & renversés ; mais il étoit pour le moins inutile de les grossir par le dessus : on formoit des massifs énormes qui ne faisoient que charger le terrein, & l'on diminuoit la largeur de la nef qui, sans cela, auroit été bien plus vaste & plus majestueuse ; d'ailleurs on ne donnoit aucune solidité à l'édifice, par des placages qui ne pouvoient jamais faire de liaisons solides & suffisantes.

Il y a des circonstances, où l'on peut dans l'Architecture, comme dans la Géométrie, déterminer, à l'aide des données du problême,

E

les chofes qui font encore inconnues : mais dans l'application qu'en fait M. Patte dans fon Mémoire, il ne fait pas attention que ce n'eft pas ici tout à fait le cas; il auroit fallu, pour qu'il prononçât avec quelque certitude l'impoffibilité de conftruire la coupole de Sainte-Genevieve, qu'il eût connu tous les moyens de conftruction de l'Architecte, ou que du moins il en eût propofé quelques-uns d'équivalents : il n'auroit pas dû fur-tout affirmer qu'il n'y auroit que les quatre maffifs qui ferviroient à fupporter la coupole, tandis qu'il pouvoit fe démontrer à lui-même, qu'il n'y a pas une feule colonne, pas un feul mur dans tout cet édifice qui ne puiffe con-courir à la porter ou à la contre-buter.

On démontrera bien-tôt, que les piliers qui font élevés à Sainte-Genevieve, fe foutiendroient par eux-mêmes, & réfifteroient à la pouffée des arcs doubleaux chargés de la coupole, quand même ces piliers feroient ifolés; mais on n'en doit pas moins préfumer que l'Architecte s'eft propofé de faire ufage de tous les moyens qu'il s'eft préparé pour donner à cet édifice la plus grande folidité dont il puiffe être fufceptible, en réuniffant enfemble tous les points d'appui : il eft aifé de voir que l'on pourroit faire cette conftruction de telle forte, que chaque colonne ne fît que l'effet d'une *pile*, pour fupporter la charge, & que l'effort de la pouffée fût porté contre les murs du pourtour, qui ferviroient de *culées* & lui réfifteroient, non dans le fens de leur épaiffeur, mais fuivant la direction de leur longueur ( Fig. 8 ); car indépendamment des plates-bandes & des arcs en décharge au deffus de ces plates-bandes, qui contre-buteront & réuniront la force de toutes les colonnes, il n'eft pas douteux que ces colonnes ne puiffent encore porter de grands arcs, ou des arcboutants, qui dirigeroient tous leurs efforts contre la bafe de la tour du dôme, ou contre les arcs doubleaux qui fupporteront cette tour (11). On voit, par la Figure huitieme, la difpofition

[11] Les pans coupés, pratiqués dans les angles rentrants extérieurs ( Fig. 7, ) ont été conftruits pour répéter une fenêtre, fans laquelle la *fymmétrie* de cette Eglife eût été interrompue, & n'ont pas été faits pour réfifter à la pouffée de la coupole ; on

que l'on peut donner à ces arcs de renvoi, pour qu'ils puissent soutenir efficacement la poussée des grands arcs qui doivent supporter le dôme de l'Eglise de Sainte-Genevieve.

On se convaincra facilement, à l'inspection des différentes coupes tracées dans les Figures 8, 9, 10 & 11e. (\*) qu'il n'y a pas une seule colonne qui ne puisse servir à supporter une partie du poids de ce dôme: on doit même juger que l'on pourroit, par la grandeur & par la forme des arcboutants, trouver le moyen de disposer la direction des forces, de maniere que chaque colonne portât une égale portion du poids, que tous les murs du pourtour en portassent aussi une portion relative à leur épaisseur, & qu'ils résistassent encore à la poussée suivant

verra cependant dans la suite qu'ils feroient absolument essentiels pour résister à des arcboutants, auxquels on pourroit faire porter la plus grande partie du dôme, non pas en leur opposant une résistance directe; mais ne sait-on pas qu'à défaut d'une puissance qui s'opposeroit directement à un certain effort, on peut substituer deux autres puissances, qui, quoique agissant chacune obliquement & de côté, feroient le même effet.

C'est précisément ce que l'on peut faire dans l'occasion présente: l'on voit (Fig. 7) que l'effort étant porté suivant la direction KL, si l'on fait un arcboutant qui porte sur les colonnes K, L, & deux autres qui portent sur les colonnes L, M. L, N. Cet effort sera soutenu par les deux puissances M & N, qui résisteront suivant les directions LM, LN. On ne dira pas que ces forces ne font pas suffisantes, puisque ce font les murs de l'Eglise, qui ont plus de cent pieds de longueur, & que l'on doit regarder comme deux culées de cent pieds d'épaisseur au moins, qui concourent l'une & l'autre à contre-buter cet effort, & qui font ensemble le même effet que

si, à la suite du pan coupé NM, on avoit construit un mur de même épaisseur que ceux de l'Eglise, & qui eût eu cent quarante pieds de longueur suivant la direction KL prolongée.

L'on voit aussi que l'effort qui se feroit suivant la direction HT, seroit soutenu par les arcs HO, HK, & que l'arc HO pourroit être contre-buté par le grand arc OP, qui seroit lui-même soutenu par l'arc QP, & par le massif du fond de l'Eglise: l'arc HK seroit soutenu par les arcs KD, DÆ, qui se continueroient & se soutiendroient réciproquement, jusqu'à l'extrêmité de l'Eglise; & si l'on vouloit avoir encore une plus grande surabondance de force, ne pourroit-on pas faire un arcboutant de H en N, dont l'effort EH seroit porté contre les murs de l'Eglise, qui serviroient encore de culées sur leur longueur?

(\*) *Nota.* La Figure 8, est la coupe de l'Eglise sur la ligne FB du plan (Fig. 7:) la Figure 9, est la coupe sur la ligne QG: la Figure 10, est la coupe sur la ligne AAB; & la Figure 11, est la coupe sur la ligne LU de ce même plan.

la direction de leur longueur ; ce qui produiroit une réſiſtance d'autant plus grande, qu'elle feroit augmentée par le poids même que ces murs porteroient : de forte que les points d'appui de toutes les pouſſées pourroient être renvoyés juſques vers les angles de l'Egliſe, où l'on a conſtruit des maſſifs conſidérables. L'art du Conſtructeur, eſt de diviſer le fardeau ſur toutes les parties de l'édifice ; c'eſt le fruit d'une étude approfondie des forces que l'on peut oppoſer les unes aux autres, dans toutes les directions convenables.

En conſidérant à préſent, ſous un autre point de vue, les colonnes qui feront ſpécialement employées à ſupporter le dôme, ne peut-on pas auſſi les comparer aux pilots dont on ſe ſert pour aſſeoir les édifices les plus lourds ? Ces pilots ne ſont autre choſe que des points d'appui très-petits, mais ſeulement multipliés ; cependant il ſuffit de diſtribuer ces points d'appui, de telle ſorte qu'aucun ne ſoit inutile pour former une fondation très-ſolide.

C'eſt ainſi que ſont diſpoſées les douze colonnes qui ſont proche de chaque pilier du dôme de Sainte-Genevieve ; & en les conſidérant comme de gros pilots, on voit qu'elles ſont eſpacées à peu près vers leur baſe, dans le rapport, ſuivant lequel on eſpace ordinairement les pilots dans les grands ouvrages.

En réfléchiſſant ſur les obſervations précédentes, on conçoit facilement que toute l'illuſion que peut faire la hardieſſe de l'Architecture gothique eſt fondée ſur de ſemblables moyens : les voûtes en tiers point, extrêmement élevées, ne ſe ſoutiennent que par leurs ogives, qui en ſont comme la *carcaſſe* & concourent toutes à ſe contre-buter. Tout eſt à jour dans les murs ; les grandes & longues fenêtres qui ne ſont ſéparées que par de petits piliers, donnent une apparence de légéreté que l'on ne trouve point dans l'Architecture antique : on y voit des culs de lampes bien plus extraordinaires & plus hardis que nos dômes modernes, à qui je ne les compare cependant pas, relativement à la beauté & à la nobleſſe de ceux-ci. Cependant, en confidérant ces édifices avec attention, on voit que le feul art des Architectes, étoit de foutenir les buttées par des arcboutants très-légers par eux-mêmes, mais multipliés autant qu'ils le croyoient néceffaire : ils portoient leurs points d'appui fort loin, non-feulement pour augmenter la longueur du levier de la réfiftance, mais encore pour faire, en quelque forte, difparoître à la vue leurs arcboutants. C'eft peut-être au détriment de l'art que nous avons abandonné totalement ce genre d'Architecture, qui avoit fans doute des beautés : les conftructions des édifices faits dans le temps où il étoit en ufage, quoique d'un goût abfolument différent du nôtre & fouvent bizarre, font certainement plus favantes que tout ce qui nous refte de l'Architecture antique, & il feroit à defirer qu'en confervant les belles formes & les ornements de l'Architecture grecque, l'Architecture moderne pût imiter l'art des conftructions & la légéreté de la gothique.

On ne connoît point encore d'édifice plus propre à remplir ce double objet, que l'Eglife de Sainte-Genevieve : on y voit la pureté de la bonne Architecture, & l'on remarque que l'on peut employer avec fuccès les procédés gothiques pour l'exécution de fes voûtes, qui deviendront par ce moyen très-légeres; c'eft vraifemblablement dans cette vue que l'Architecte a pris le parti de former les voûtes des nefs en cul de four. On peut obferver que les pendentifs qui les fupporteront, ne font autre chofe que des ogives; & les arcs qui contre-buteront les arcs doubleaux, rejetteront les points d'appui au loin, fur les colonnes & fur les murs.

Peut-être quelques perfonnes, en voyant fur les plans rapportés dans le Mémoire de M. Patte, la petiteffe apparente des points d'appui de cette Eglife, & en les comparant avec ceux qu'on leur a mis en parallele, pourroient-elles craindre qu'ils ne fuffent écrafés par la charge du dôme; mais cette crainte fera bientôt diffipée, lorfqu'on fe rappellera toutes les précautions que l'on prend dans la conftruction de cet édifice, à qui cet Auteur lui-même n'a pu refufer des éloges dans un de fes Ouvrages. Tous les conftructeurs favent d'ailleurs que la réfiftance que les pierres oppofent à la puiffance qui tendroit à les écrafer, eft immenfe, lorfque toutes leurs parties font appuyées exactement les unes fur les autres : on voit, dans plufieurs porches d'Eglife, de très-petites colonnes qui portent des voûtes fort étendues & des murs très-élevés ; tout le monde peut voir que les pierres de la bafe des tours de Notre-Dame de Paris n'ont pas été écrafées par l'énormité du poids dont elles font chargées [12].

On eft donc affuré, par l'expérience, qu'il n'y a pas à craindre que les pierres des colonnes dont on parle puiffent s'écrafer fous la charge ; & fi l'on prenoit le parti, par le moyen des arcboutants & des décharges multipliées, de faire porter le poids à plomb & fur le milieu de ces colonnes, & que l'on diftribuât ce poids fur toutes également, & principalement fur les murs du pourtour, bien loin de craindre que les piliers qui doivent porter ce dôme ne fuffent pas affez folides, il feroit poffible peut-être d'en fupprimer les maffifs, & de ne laiffer que les colonnes qui font engagées dans leurs angles ; on verra bientôt qu'elles fuffiroient, étant foulagées par les neuf colonnes voifines, & quand même on ne voudroit pas fe

---

[12] Si l'on fait la comparaifon de la fuperficie des points d'appui qui foutiennent le dôme de Saint-Paul de Londres, avec ceux qui foutiendroient celui de Ste. Genevieve, en y comprenant que les piliers & les douze colonnes les plus voifines de chaque pendentif, on trouvera que le diametre du dôme de Saint-Paul étant à celui de Sainte-Genevieve à peu près comme 5 eft à 3 : leur poids devroit être en raifon du cube de ces nombres, fi ces dômes étoient du même genre & conftruits fur le même modele, c'eft-à-dire comme 125 eft à 17, ou comme 4 & demi eft à 1.

Cependant la fuperficie des points d'appui du dôme de Saint-Paul, en y comprenant le maffif des angles, qui eft environ de 1150 pieds, n'eft pas le quadruple de la fuperficie de ceux de Sainte-Genevieve qui eft de plus de 300 pieds ; & l'on doit obferver que ces dômes ne font pas du même genre, celui de Saint-Paul étant beaucoup plus élevé que l'autre : fi l'on faifoit cette comparaifon relativement aux fondations de ces points d'appui, on trouveroit que la fuperficie des fupports du dôme de Saint-Paul, n'eft que d'un tiers au deffus de celle des fupports de Sainte-Genevieve.

fervir de toutes celles de l'Eglife, on pourroit donner au dôme jufqu'à foixante-huit pieds de diametre : ou bien, fi on le faifoit porter
fur toutes les colonnes, on pourroit lui donner quatre-vingt pieds
avec une hauteur proportionnée, fans qu'il y eût rien à rifquer pour
fa folidité.

Quoiqu'il foit ordinaire dans l'Architecture de chercher à foutenir les maffifs par des appuis verticaux, on peut cependant, lorfqu'on n'a pas de moyens pour faire ufage des puiffances directes, en
employer d'autres qui, en agiffant dans des directions obliques,
feront exactement le même effet que les premieres. Au lieu d'un
étai que l'on ne peut pas placer verticalement, on en pofe tous
les jours d'autres qui n'en font pas moins folides pour être difpofés
obliquement, lorfque l'on a attention qu'ils fe contre-butent les uns
les autres ; en employant, pour la conftruction du dôme de
Sainte-Genevieve, un moyen analogue à celui que l'on emploie
pour les étais de charpente, il eft aifé de concevoir qu'on peut
foutenir prefque entiérement cet édifice par des efpeces d'étais en
maçonnerie, en conftruifant derriere les pannaches de forts arcboutants correfpondants, qui s'appuieroient contre l'angle rentrant
des murs du pourtour, & par conféquent contre ces murs mêmes
qui réfifteroient à leur pouffée dans le fens de leur longueur, ce qui
donneroit au dôme des points d'appui inébranlables, alors les
colonnes, ainfi que les maffifs, n'en porteroient qu'une très-petite
partie [13].

[13] On trouvera dans la derniere partie le calcul du poids que porteroit chaque colonne fuivant cette fuppofition, & la maniere dont les arcboutants pourroient être conftruits : on en voit la difpofition dans les Figures 7, 10 & 11.

## §. IV.

*Application des principes de la théorie, au calcul de la
poussée des voûtes du dôme & des nefs de l'Eglise de
Sainte-Genevieve.*

Quoiqu'on ait lieu de croire que l'on a donné une solution satif-
faifante du problême propofé par M. Patte, & que l'on a fuffifamment réfuté les objeĉtions de cet Auteur contre la coupole de
Sainte-Genevieve, on fe propofe de faire ici une application plus
particuliere des principes généraux de la théorie de la pouffée
des voûtes, à celles de cette Eglife; non pour donner des preuves
plus complettes de la folidité de cet édifice, mais pour propofer
des exemples de la maniere dont on peut fe rendre compte, &
répondre de l'exécution d'un grand ouvrage, lorfqu'on en médite
le projet.

Malgré les réflexions que j'ai faites dans la premiere partie de
cet Ecrit, fur la théorie & fur les principes de M. de la Hire,
concernant la pouffée des voûtes, je regarderai néanmoins ici ces
principes, comme des vérités reçues & que l'on peut fuivre avec
confiance dans la pratique; ce fera en les fuivant exaĉtement,
que je démontrerai géométriquement que la coupole dont il s'agit
peut être fupportée par les piliers qui font conftruits, de quelque
hauteur & de quelque étendue, convenable à cette Eglife, que l'on
voulût la fuppofer.

Pour faire ces calculs, j'ai fuivi le deffein de cette coupole & le
profil qu'en a donné M. Patte dans fon Mémoire, après l'avoir
tracé plus en grand, auffi exaĉtement qu'il a été poffible d'en juger
par les mefures connues : j'ai fuppofé enfuite que, dans un cas
d'infuffifance de l'épaiffeur des murs pour foutenir la pouffée de fes
voûtes, la rupture fe feroit vers le milieu de leurs reins, & j'ai
cherché le cube de toutes les parties de cette coupole, par la con-
noiffance

noiſſance du centre de gravité de chacune d'elles, où l'on doit ſuppoſer qu'eſt réuni leur poids; je les ai trouvées telles que je les rapporte dans la Table ſuivante [14].

J'ai ſuppoſé que la voûte ſupérieure auroit dans l'endroit le plus foible, deux pieds d'épaiſſeur non compris les gradins, attendu qu'elle doit être expoſée aux injures de l'air, & avoir une force convenable; & quoique la voûte inférieure puiſſe être faite en matériaux légers, j'ai encore ſuppoſé que ſa pouſſée ſeroit égale à celle des voûtes ordinaires, afin qu'il ne puiſſe reſter aucun doute après le réſultat de ces calculs.

Dans le cas où les murs ne ſeroient pas aſſez forts pour ſoutenir

| [14] *Parties de la Coupole.* | Surface du profil. | | Circonférence que décrit le centre de gravité. | | Cube de chaque partie de la coupole. | | Huitieme du cube des parties de la coupole. | | |
|---|---|---|---|---|---|---|---|---|---|
| | pi | po | pi | po | pi | po | pi | po | |
| Le piédeſtal & le groupe, . . G= | 70 | 6 | 16 | 9 | 1180 | 10 | 147 | 7 | |
| Le deſſus de la voûte en tiers point, H | 78 | 0 | 91 | 8 | 7150 | 0 | 893 | 9 | |
| Le deſſous de la voûte en tiers point, J | 78 | 5 | 179 | 8 | 14088 | 9 | 1761 | 1 | |
| L'attique & corniche du tambour, K | 100 | 3 | 215 | 10 | 21637 | 2 | 2704 | 8 | |
| Le tambour où ſont les colonnes, L | 120 | 0 | 211 | 1 | 25330 | 0 | 3166 | 3 | } 13747. |
| Le ſocle au deſſous des colonnes, M | 135 | 0 | 217 | 4 | 29340 | 0 | 3667 | 6 | |
| Le deſſus de la voûte en cul de four, O | 30 | 0 | 78 | 5 | 2352 | 0 | 294 | 0 | |
| Le deſſous de la voûte en cul de four, P | 36 | 0 | 176 | 0 | 6336 | 0 | 792 | 0 | |
| Les ſeize demi-colonnes du pourtour, . . . . . | | | | | 2400 | 0 | 300 | 0 | |
| Les parties au deſſus des lunettes de la voûte en cul de four, | | | | | 160 | 0 | 20 | 0 | |
| Le cube des corniche & attique des avant-corps, q . . | | | | | 8320 | 0 | 1040 | 0 | } |
| Le cube du tambour des avant-corps, . . . r . . | | | | | 12800 | 0 | 1600 | 0 | } 4157 6 |
| Le cube des ſocles des avant-corps, . . . . s . | | | | | 10480 | 0 | 1310 | 0 | } |
| Les huit colonnes des avant-corps, . . . x . . | | | | | 1660 | 0 | 207 | 6 | } |
| A DÉDUIRE | | | | | | | | | |
| Le vuide des huit fenêtres & des œils de bœuf, . . . | | | | | 4352 | 0 | 548 | 0 | |
| Les quatre grandes lunettes de la voûte en tiers point, . | | | | | 3844 | 0 | 480 | 6 | |
| Les quatre petites lunettes de la même voûte, . . . . | | | | | 96 | 0 | 12 | 0 | } 1677 6 |
| Les huit lunettes de la voûte en cul de four, . . . . | | | | | 432 | 0 | 58 | 0 | |
| Les quatre fenêtres & les œils de bœuf des avant-corps, . | | | | | 3536 | 0 | 442 | 0 | |
| Le cube d'une partie du ſocle au deſſus des arcs de la nef, | | | | | 1096 | 0 | 137 | 0 | |

F

la pouſſée de la voûte, & où il s'y feroit des ruptures, on doit juger qu'elles ſe feroient plutôt au-deſſus des fenêtres que par-tout ailleurs, parce que ce ſont les endroits les plus foibles & ceux où il ſe trouve le moins de liaiſon dans l'appareil : cependant, comme il y a quatre de ces fenêtres où le mur aura près de douze pieds d'épaiſſeur vers l'entablement & vers le ſocle, il n'eſt pas à préſumer qu'il ſe faſſe aucune rupture dans ces parties ; mais pour ne laiſſer lieu à aucune objection fondée, je ferai le calcul, en ſuppoſant que la rupture ſe fera en huit parties.

Sans m'arrêter à la théorie de M. Fraiſier, qui n'eſt pas abſolument exacte [15], je conſidérerai chaque huitieme partie de la voûte, comme un coin qui agit contre chaque huitieme partie du tambour pour le renverſer ; par conſéquent je ſuppoſerai que cette voûte eſt coupée verticalement en huit parties [15 no. 2.] On ſent combien

---

[15] M. Fraiſier a avancé ( *dans ſon Traité de la coupe des Pierres, tome 3, page 401,* ) qu'en ne donnant aux piédroits des voûtes ſphériques, que la moitié de l'épaiſſeur que l'on a trouvée par les formules pour les voûtes en berceau de même diametre, ils ſeroient encore plus forts qu'il n'eſt néceſſaire pour les mettre en équilibre avec la pouſſée ; mais la théorie qu'il en a donnée n'eſt pas exacte.

Il établit d'abord que dans une voûte en arc de cloître, dont le plan ſeroit un polygone régulier, les piédroits pourroient être des priſmes triangulaires, dont la plus grande épaiſſeur ſeroit celle que donneroit le calcul pour l'épaiſſeur des piédroits d'une voûte en berceau de même diametre que le polygone ; mais pour réduire le plan de tous ces priſmes à une épaiſſeur uniforme, & former des murs à faces parallelles, équivalents aux priſmes triangulaires, il ne prend pour cette épaiſſeur que la moitié de celle des priſmes, ce qui donne bien le même priſme de maçonnerie, & même

quelque choſe de plus ; mais il ne fait pas attention que le bras de levier de la puiſſance réſiſtante, eſt les deux tiers de l'épaiſſeur de ces priſmes, & que lorſqu'on y ſubſtitue les piédroits à faces parallelles, ce bras de levier n'eſt plus que le quart de cette même épaiſſeur ; par conſéquent il s'en faut de beaucoup que la réſiſtance de ceux-ci ne ſoit égale à celle des premiers.

[15 no. 2] Il eſt vrai que, ſi l'on ſuppoſoit que la rupture pût ſe faire en ſeize parties, le centre de gravité des puiſſances réſiſtantes étant plus proche du point d'appui que dans les premieres, elles auroient moins de force pour réſiſter à la pouſſée. Le calcul donne environ un ſoixantieme de différence ; mais ce petit déſavantage eſt bien compenſé par la plus grande force des parties du tambour, qui ſont entre les fenêtres, à cauſe de la liaiſon des matériaux ſur toute la hauteur du mur.

Si l'on cherche quelle doit être l'épaiſſeur des piédroits d'une voûte en cul de

une femblable fuppofition donnera d'avantage à la puiffance agiffante, & combien l'on doit être affuré que l'on pourra compter
fur le réfultat des calculs, pour s'y conformer dans la pratique.

Je ferai abftraction, quant à préfent, des avant-corps qui font
portés par les maffifs, & même du focle quarré qui doit contre-venter
la tour : l'arc doubleau ayant cinq pieds & demi de largeur, j'ai donné
quatre pieds d'épaiffeur au mur de la tour, & deux pieds au focle
des colonnes ; cependant, comme ce focle feroit faillie de fix pouces
au delà du milieu de l'arc, j'ai fait dans cette partie un renfoncement
dans le focle feulement, mais les colonnes portent toujours entiérement fur l'arc doubleau qui, étant joint aux pannaches, s'élargit
à méfure qu'il approche des pans coupés [16].

four de vingt pieds de diametre, qui auroit deux pieds d'épaiffeur & dix pieds de
hauteur de piédroits, on trouvera que,
fi l'on fuppofe que la voûte ne puiffe fe
fendre qu'en deux endroits feulement, l'é-
paiffeur des piédroits devroit être de 2 pieds
1 pouce 5 lignes ; mais fi l'on fuppofe qu'elle fe fende en quatre endroits, on trouvera
que cette épaiffeur doit être de 2 pieds
5 pouces 2 lignes ; & que fi la rupture fe
faifoit en huit endroits, comme je le fuppofe pour la voûte de Sainte Genevieve,
on trouveroit que l'épaiffeur devroit être
de 2 pieds 7 pouces 5 lignes ; & enfin, en
fuppofant que la rupture dût fe faire en
feize endroits, on trouveroit que l'épaiffeur des piédroits devroit être de 2 pieds
7 pouces 11 lignes.

Si l'on cherche enfuite quelle devroit
être l'épaiffeur des piédroits d'une voûte
en berceau, de même diametre, épaiffeur
& hauteur de piédroits, on trouvera qu'elle
feroit de 4 pieds 8 pouces 3 lignes.

L'on voit par conféquent que, dans cet
exemple, l'épaiffeur des piédroits d'une
voûte fphérique ne doit être la moitié de

ceux d'une voûte en berceau, que dans le
cas où la voûte fe fendroit en trois parties :
elle devroit être moins de moitié, lorfqu'elle
fe fend en deux parties, & plus de moitié,
lorfqu'elle fe fend en quatre ou dans un plus
grand nombre de parties ; la différence de
ces épaiffeurs n'eft cependant pas bien confidérable, on voit feulement qu'il faut donner
au mur environ un tiers de plus d'épaiffeur,
lorfqu'il peut fe fendre en feize parties, que
lorfqu'il ne peut fe fendre qu'en deux.

[16] Pour connoître la pouffée de la
voûte fupérieure ( Fig. 4, ) je confidere
que la puiffance qui agira pour renverfer
le piédroit, fera produite par le cube de
la voûte en tiers point jufqu'en C, & l'effort qu'elle fera au point C, en agiffant
comme un coin TCV, fera au cube de
cette voûte, comme la moitié TC de la
tête du coin, eft à fa longueur VC ; ou
bien :: $14\frac{1}{2}$ . $29\frac{1}{4}$.

L'on a trouvé dans la table ci-jointe
que G+H étoit $1041\frac{1}{3}$, par conféquent
cette partie de la puiffance agiffante fera
$\frac{1041\frac{1}{3} \times 29\frac{1}{4}}{14\frac{1}{2}} = 1242\frac{3}{4}$, que je nomme $nn$.

La puiffance agiffante dans la voûte infé-

Après avoir fait les calculs rapportés dans la Note 16, on verra

rieure fera produite par le cube de cette voûte de X en D, & ce cube eſt à l'effort qu'il fait pour renverſer les piédroits, comme SD eſt à BD, ou environ : : 5.7 : le cube de cette partie de voute eſt = 294; par conféquent cette feconde partie de la puiſſance agiſſante fera $\frac{294 \times 7}{5}$ = 411$^{pi}$7$^{po}$. je la nomme *mm*.

Les puiſſances réſiſtantes, font les poids P, J, K, L, M, N, des différentes par-ties du profil, réunis à leur centre de gravité.

Pour avoir les bras de levier à l'extré-mité deſquels agiſſent toutes ces puiſſances, il faut conſidérer que le point d'appui, au-tour duquel le mur tourneroit s'il étoit renverſé, feroit au point R, qui eſt à l'ex-trémité du mur au deſſus de l'arc doubleau qui lui fert de fondement.

Après avoir tiré ſur les lignes AC & BD, les perpendiculaires CE, FD, qui expri-ment les directions des puiſſances agiſſantes, on menera ſur ces lignes du point R, les perpendiculaires RE, RF, qui feront les bras de leviers à l'êxtrémité deſquels agi-

$nn =$    1242$^{pi}$ 9$^{po}$

RE=    25 10   } & $nn \times$ RE =    32103 9$^{po}$

$mm =$    411 7

RF =    24 7   } & $mm \times$ RF =    10120 1

P+J =    2022 0

QR =    10 6¼   } & P+J $\times$ QR =    21291

L+M+K=8853 5   } & L+M+K $\times$ TR= 44267

TR =    5

N =    300 0   } & N $\times$ NR =    675

NR =    2 3

d'où l'on voit que l'énergie des puiſſances réſiſtantes, qui eſt ici de 66233 pieds, étant plus conſidérable de moitié que celle des puiſſances agiſſantes; il eſt démontré

ront les puiſſances *nn* & *mm*; de forte que le *momentum* de ces puiſſances, que j'appel-lerai avec M. Bernoully leur *énergie*, fera $nn \times$ RE+$mm \times$ RF.

A l'égard des puiſſances agiſſantes, j'a-baiſſe de tous les centres de gravité des perpendiculaires ſur la ligne YR, qui ren-contreront cette ligne aux points *p*, *i*, *l*, *k*, *m*, *n*; je rapporte enſuite ſur la ligne YR du plan ( Fig. 3 ) les points N, M, K, L, J, P, & je réduis les trois poids K, L, M, dans un ſeul, dont le centre de gravité fera en t, & les deux poids P, J, auſſi dans un ſeul, dont le centre de gravité fera en q.

Je fais enſuite paſſer des arcs par les points q, t, n, & je prends les centres de gravité de ces arcs aux points Q, T, N, que j'ai indiqués par ce figne ( * ), l'on aura alors tous les bras de levier des puiſ-fances réſiſtantes depuis le point R juſ-qu'à ces fignes ( * ); ainſi l'énergie des puiſſances réſiſtantes fera P+J $\times$ QR L+M+K $\times$ TR, & N $\times$ NR : en prenant la valeur de ces poids marqués dans la table ci-deſſus, on aura

} =42223 10$^{po}$ qui eſt l'énergie de la puiſſance agiſſante.

} =66233 0$^{pi}$ qui eſt l'énergie de la puiſſance réſiſtante.

que ces murs foutiendroient aifément la pouffée des voûtes, quand même ils refte-roient iſolés, & que l'on ne feroit aucun avant-corps pour les contre-buter.

que l'énergie avec laquelle les piliers résisteront à la poussée, est encore d'une moitié plus forte que celle avec laquelle les deux voûtes tendent à le renverser; & que si l'on admettoit l'hypothese du frottement [17] que l'on ne peut raisonnablement pas rejeter, cette énergie de la puissance résistante seroit plus du double de celle de la puissance agissante : il s'agit à présent de trouver quelle résistance opposeront les quatre avant-corps que l'on placera sur les massifs.

Parmi les différents partis que l'on peut prendre pour contrebuter ce dôme & former ces avant-corps, je me sers de celui que M. Patte a indiqué, en faisant néanmoins porter la plus grande partie de la colonne sur le massif, & le restant sur le petit arc, qui sera soutenu par les colonnes engagées : il y a au surplus plusieurs autres moyens, par lesquels, sans faire porter à faux les colonnes de ces avant-corps, on pourroit leur donner plus de saillie, afin d'augmenter la longueur des leviers des puissances résistantes; & il paroît que le dessein de l'Architecte de Sainte-Genevieve n'est pas bien d'accord avec l'idée que M. Patte propose sur cet objet. Dans le projet de cette Eglise, publié en 1757, on voit dans chaque avant-corps quatre colonnes, tandis que M. Patte n'en suppose que deux.

---

[17] J'ai suivi exactement, dans le calcul de la Note précédente, la théorie de M. de la Hire, & je n'ai supposé aucun frottement entre les voussoirs; mais si l'on vouloit y avoir égard, & supposer conformément à l'expérience, que ce frottement est au moins la moitié du poids, il ne faudroit prendre, comme je l'ai démontré à la Note 5, que les deux tiers de $nn$ & de $mm$ pour le poids qui tend à renverser les piédroits, & l'on auroit alors :

$$\frac{2}{3}\,nn = \overset{pi.}{8} 28 \overset{po.}{6}$$
$$RE = 25 \quad 10 \Big\} \ \& \ \tfrac{2}{3}\,nn \times RE =$$
$$\frac{2}{3}\,mm = 274 \quad 4 \Big\}$$
$$RF = 24 \quad 7 \Big\} \ \& \ \tfrac{2}{3}\,mm \times RF =$$

l'énergie des puissances résistantes étant de 66233, comme ci-devant, on voit qu'elle est beaucoup plus du double plus

$$\left.\begin{array}{r} 21402 \\ 6744 \end{array}\right\} = 28146 \ \text{qui est l'énergie de la}$$
$$\text{puissance agissante.}$$

forte que celle des puissances agissantes, qui n'est que de 28146.

On trouvera par le calcul fuivant [18], que par le moyen de ces avant-corps, l'énergie des puiſſances réſiſtantes feroit preſque le triple de celles des puiſſances agiſſantes.

On doit bien obferver que, lorſque je dis que l'énergie des puiſſances réſiſtantes eſt le triple de celle des puiſſances agiſſantes, je n'entends point par-là que, ſi l'on réduiſoit le mur au tiers de ſon épaiſſeur, il fût ſuffiſant pour réſiſter à la pouſſée : car, en diminuant

---

[18] Je conſidere qu'à cauſe des grands arcs doubleaux de la voûte en tiers-point vers le milieu deſquels ſe dirige tout l'effort, cet effort ſe fait fuivant la direction YF ( Fig. 3 ) & qu'il y aura alors deux points d'appui qui feront au deſſous des colonnes en A & en B fur le bord du grand arc doubleau de la nef : ainſi, dans le cas où la puiſſance agiſſante feroit aſſez forte pour faire renverſer le mur qui lui réſiſte, il feroit ſon mouvement à l'entour de la ligne AB.

Après avoir rapporté ſur la ligne YF du plan les points DC du profil, je conſidere que les puiſſances $mm$, $nn$, agiſſant au deſſus des points DC, fuivant la direction DF, n'agiront pas perpendiculairement ſur la ligne d'appui BA, & en tirant HFG perpendiculaire, ſur la ligne AB, & DH parallele à cette même ligne, l'on voit que l'effort de ces puiſſances eſt diminué dans le rapport de FH à FD, qui eſt environ :: $9 \cdot 9\frac{5}{6}$; ainſi ces puiſſances agiſſantes, au lieu d'être

comme ci-devant 1242 pieds 9 pouces & 411 pieds 7 pouces, feront $1137\frac{1}{2} = nn$ & $376\frac{1}{2} = mm$.

Pour trouver les bras de levier de ces puiſſances, après avoir tiré ſur le plan ( Fig. 3 ) les lignes D$d$, C$c$, perpendiculaires ſur AB, portez ces longueurs D$d$, C$c$, ſur la ligne YR du profil ( Fig. 4 ) de $d$ en 2 & de $c$ en 1, & des points 2 . 1 tirant les perpendiculaires 2$f$, 1$e$, on aura les bras de levier des puiſſances agiſſantes.

A l'égard des puiſſances réſiſtantes, elles feront les mêmes que ci-devant; mais il faut y ajouter le poids des avant-corps, qui eſt réuni à un centre commun de gravité en $s$ ( Fig. 3, ) & alors le cube ſera 3936 pieds.

Pour avoir les bras de levier de ces puiſſances réſiſtantes, il faut abaiſſer ( Fig. 3 ) les perpendiculaires $s$B, N$n$, T$t$, Q$q$, & l'on aura $s$B $=$ 5 pieds, N$n$ $=$ 4 pieds 1 pouce, T$t$ $=$ 6 pieds 5 pouces, & Q$q$ $=$ 11 pieds 7 pouces & demi.

$$
\begin{array}{llll}
nn \times 1e & = 1137\frac{1}{2} \times \overset{pi}{24}\ \overset{po}{5} = 27774 \\
mm \times 2f & = 376\frac{1}{2} \times 20\ 7 = 7753
\end{array}\Bigg\} = 35527 \text{ qui eſt l'énergie des puiſ-}\\ \text{ſances agiſſantes.}
$$

$$
\begin{array}{llll}
P+J \times Qq & = 2022 & \times 11\ 7\frac{1}{2} = 23506 \\
K+L+M \times Tt & = 8853\frac{1}{2} \times 6\ 5 = 56810 \\
N \times Nn & = 300 \times 4\ 1 = 1225 \\
S \times sB & = 3936 \times 5 = 19680
\end{array}\Bigg\} = 101221 \text{ qui eſt l'énergie des puiſ-}\\ \text{ſances réſiſtantes.}
$$

d'où il ſuit que l'énergie des puiſſances réſiſtantes, qui eſt 101221, eſt à l'énergie des puiſſances agiſſantes, qui eſt 35527,

environ comme 20 eſt à 7; ce qui eſt preſque le triple de ce qui feroit néceſſaire pour réſiſter à la pouſſée.

l'épaisseur du mur, on alongeroit d'une part le levier des puissances
agissantes, ce qui augmenteroit leur énergie; &, d'autre part, on
diminueroit non-seulement le poids de la puissance résistante des deux
tiers, mais encore son bras de levier de cette même quantité : ainsi
la puissance agissante seroit alors plus du triple de la puissance résistante. On peut seulement conclure que, lorsque la puissance résistante
est le triple de la puissance agissante, on pourroit charger le cerveau
de la voûte, d'un poids triple de la pesanteur de sa partie agissante,
pour renverser ses piédroits, sans que l'équilibre fût rompu.

On verra encore [19] qu'en admettant l'hypothese du frottement
qui existe certainement entre les voussoirs, l'énergie de la puissance
agissante seroit plus du quatruple de la poussée.

Comme je n'ai eu aucun égard au socle général, qui diminue
cependant de quinze pieds la hauteur du piédroit, on voit combien
la résistance de ces piédroits est encore au dessus de ce que je viens
de déterminer par le calcul; il est donc inutile d'en faire un nouveau suivant cette derniere hypothese.

Pour prouver que les deux voûtes de la coupole de Sainte-Genevieve ne pousseront point autant, jointes ensemble, que celle que
M. Patte a proposée dans son Mémoire, je ne supposerai au mur que
l'épaisseur qu'il a trouvée par le calcul, qui est de quatre pieds cinq
ponces & demi; & en prenant le point d'appui au dessus du socle,
comme il l'a fait, je trouve [20] que la puissance résistante seroit d'un
douzieme plus forte que la puissance agissante, tandis que, dans la
coupole qu'il a proposée, les deux puissances sont égales.

[19] Si l'on fait entrer le frottement dans le calcul, on aura :

$$\tfrac{2}{3} nn \times 1e = 758 \times 24\ \overset{pi}{5}\ \overset{po}{} = 18516\ 0$$
$$\tfrac{2}{3} mm \times 2f = 251 \times 10\ 7 = 5166\ 0 \Big\} 23682 \text{ Puissances agissantes.}$$

D'où il suit que l'énergie des puissances résistantes étant de 101221, est plus du quadruple de celle des puissances agissantes.

[20] Prenez T$k$ = 15 pieds; & après avoir tiré l'horisontale $qr$, prenez $fr$ = 4
pieds 5 pouces & demi, & abaissez les perpendiculaires $rf$, $re$, qui seront les bras de levier des puissances agissantes.

Prenez ensuite, par le moyen du plan, le centre de gravité de la couronne, qui a 4 pieds 5 pouces & demi pour largeur, &

Pour faire voir encore que ce n'est pas dans l'espérance *de favo-riser l'insuffisance des piliers pour porter une coupole comme à l'ordinaire*, que l'Architecte de Sainte-Genevieve *a imaginé après coup* celle qu'il compte faire exécuter, je ferai encore un calcul pour un dôme qui auroit trente pieds de hauteur de plus que celui de Sainte-Genevieve, qui auroit même diametre, & qui feroit auffi terminé par deux voûtes : on verra, par le réfultat, que la puiffance réfiftante auroit encore plus du double de la force qui lui feroit néceffaire pour réfifter à la pouffée; & ce dôme feroit cependant conftruit fuivant les proportions de Fontana pour l'intérieur, & feroit beaucoup plus élevé à l'extérieur [21].

Dans tous les calculs précédens j'ai fuppofé, fuivant l'hypothefe de M. de la Hire, que le point de rupture de celle des voûtes qui fera en tiers point, fe fera au milieu des reins : mais je dois convenir que ce n'eft pas là où eft le point le plus défavantageux; car, en faifant le calcul pour un point qui feroit au deffous de celui-là, je trouve que la puiffance agiffante augmente de force, attendu que fon poids augmente beaucoup plus à proportion que fon bras de levier ne diminue : cette différence provient de ce que

rapportez le fur le profil au point T , marquez auffi le point Q du plan en *q.*

$$
\begin{array}{llll}
nn \times re &= 1242 \overset{pi}{9} \times 19 \overset{po}{9} = 24543 & 9 \\
mm \times rf &= 411 \;\;7 \times 15 \;\;6 = 6379 & 6
\end{array} \Big\} \; 30922 = \text{l'énergie de la puiffance agiffante.}
$$

$$
\begin{array}{llll}
P+J \times qr &= 2022 \;\;\;\;\times 8 = 16176 & 0 \\
L+M+K \times rT &= 6112 \;\;\times 2\;10 = 17317 & 0
\end{array} \Big\} = 33493 \; \Big\{ \text{l'énergie de la puiffance réfiftante.}
$$

d'où il fuit que l'énergie de la puiffante réfiftante eft à celle de la puiffante agif-fante :: 33493 . 30922 ou environ :: 12 . 11.

[21] Si l'on fait le profil de la coupole fuivant ces mefures, on auroit le levier de $nn = 42$, celui de $mm = 45\frac{1}{2}$, & l'énergie des puiffantes agiffantes feroit $1137\frac{1}{2} \times 42 = 47775$, & $376\frac{1}{2} \times 45\frac{1}{2} = 17130$, qui, étant jointes enfemble, produiroient un total de 64905.

A l'énergie des puiffances agiffantes que

nous avons trouvée ci-devant de 101221, il faudroit encore ajouter celle d'un focle, qui feroit au focle M comme 30 eft à 18 ( Fig. 4. ) l'on trouvera pour le cube de ce focle 6112 pieds, qu'il faut multiplier par fon bras de levier qui feroit de 5 pieds 3 pouces, & l'on auroit 32088 qui, étant ajouté à 102328, donneroit un total de 133209.

Ainfi l'énergie de la puiffante réfiftante eft encore plus du double de celle de la puiffante agiffante.

l'épaiffeur

l'épaisseur de la voûte, ainsi que son cube, augmentent beaucoup plus que dans une voûte sphérique, & que l'inclinaison de la direction de l'effort ne change pas sensiblement. J'ai cependant suivi la premiere hypothese, parce qu'en faisant entrer en considération la tenacité des matériaux, qui est d'autant plus grande que la voûte a plus d'épaisseur, il est très-probable qu'il faudroit une puissance plus grande pour occasionner une rupture au dessous du point C que au dessus, & il y a apparence qu'en cas d'insuffisance des piédroits, la voûte se fendroit dans l'endroit où elle a le moins d'épaisseur ; mais en supposant que la rupture s'y fît, la puissance agissante auroit encore moins de force que dans notre hypothese : au reste, quand la voûte se fendroit au milieu des reins & même à l'endroit où elle rencontre le piédroit, il y auroit toujours beaucoup plus de force du côté des puissances résistantes, que du côté des puissances agissantes [22].

A présent que j'ai démontré la possibilité d'élever à Sainte-Genevieve, une coupole dont la base porteroit entiérement & sans aucun porte-à-faux sur les arcs doubleaux & sur les pendentifs, il ne reste plus qu'à prouver, de la même maniere, que les arcades du centre de cette Eglise peuvent soutenir ce poids.

Ces arcades auront environ quarante pieds de diametre, cinquante-quatre pieds de hauteur de piédroits, & quatre pieds trois pouces d'épaisseur moyenne à la clef.

Je considere d'abord la poussée de l'arcade, & je crois que l'on ne

[22] Pour en faire le calcul, il faudra 1° ajouter à $nn = 1242$ pieds 9 pouces, 2° le poids compris entre le point C & la rencontre du piédroit : on le trouve de 525 pieds, & l'on aura $nn = 1767 . 9$. Si l'on tire pour cette hypothese les lignes Ac, ce, eR (fig. 4), on aura le bras de levier Re $= 19\frac{1}{2}$, ce qui donnera pour l'énergie de la puissance $nn$ 34470, au lieu de 32103 trouvée ci-devant ( Note 16 ) ; ce qui fait une différence de 2367.

Il faut à présent retrancher des puissances résistantes le même poids 525, multiplié par la distance de son centre de gravité, au point d'appui que l'on trouvera de 12 pieds, & l'on aura 6300 ; de sorte que l'effort des puissances agissantes sera $42223 + 2367 = 44590$, & l'effort des puissances résistantes sera $66233 - 6300 = 59933$, qui est encore plus grand d'un tiers que l'effort des puissances agissantes.

G

peut suppofer un cas plus défavantageux à cet égard, que d'imaginer que le mur pourroit fe fendre vers la jonction F ( Fig. 3 ) de l'avant-corps avec le tambour, de forte que les arcs porteroient chacun un fixieme de la coupole, en n'y comprenant pas les avant-corps, & les piliers & les pendentifs porteroient chacun les avant-corps & un douzieme de la coupole. On voit à la table rapportée Note 14, que le douzieme de la coupole eft 8347 pieds cubes, & que ce douzieme, joint à l'avant-corps, eft de 16662 pieds; il ne s'agit actuellement que de cuber les différentes parties de l'arc du pilier & des pannaches : je les rapporte exactement dans la table ci-deffous. [23].

On voit dans la Note [24] que les pouffées des arcs, fuivant les directions fg ( Fig. 3 ) & ag, font le même effet qu'une feule puiffance qui agiroit fuivant la ligne dg, & que ces pouffées qui font produites par le poids d'une partie des arcs & du fixieme du dôme,

[23]         *Parties du pilier & des arcs doubleaux.*

| | |
|---|---:|
| Le cube du pilier dans la hauteur du focle, . . . . . . | 528 |
| Le cube du pilier dans la hauteur des colonnes, . . . . . | 5150 |
| Le maffif depuis les colonnes jufqu'à la coupole, . . . . | 6814 |
| La corniche, . . . . . . . . . | 160 |
| Parties des arcs doubleaux jointes aux piliers, . . . . . | 650 |
| Partie du pendentif jointe au pilier, . . . . . . . | 1117 |
| Total du pilier formant la puiffance réfiftante, . . . . . | 14419 |
| Partie de l'arc doubleau qui forme le coin, . . . . . | 1368 |
| Parties du pendentif jointes au coin, . . . . . . | 86 |
| Total du coin formant la puiffance agiffante, . . . . . | 1454 |

[24] La partie de l'arc & des pannaches qui forment la puiffance agiffante, eft de 1454 pieds, comme il eft marqué dans la table; à quoi il faut ajouter 8347 pieds, que j'ai trouvés pour la charge de cet arc, on aura 9801 pieds pour le poids du coin. Si d'un autre côté on ajoute auffi au cube du pilier & du pannache, qui eft 14419, le poids dont il fera chargé par les avant-corps, & par une partie de la coupole que j'ai trouvée = 16662, on aura pour le cube de la puiffance réfiftante 31081.

Cherchant enfuite le centre de gravité m du pilier, on le trouve placé à 2 pieds 11 pouces du pan coupé; mais, comme la coupole eft appuyée deffus ce pilier, le centre commun de gravité fe trouve rapproché de l'intérieur & placé à 2 pieds & un demi-pouce du pan coupé.

La clef étant chargée d'un poids de 9801 pieds, & ce poids agiffant comme un coin, fon effort fera à fa pefanteur, comme la

font d'un quart au deffous de la réfiftance qu'oppofe le poids du pilier ; d'où il fuit que, quand ce pilier feroit *ifolé*, il feroit fuffifant pour foutenir la pouffée de la voûte & pour porter le dôme, fans même avoir befoin d'être contre-buté par les parties voifines.

Enfin, pour faire voir que les piliers fe foutiendroient d'eux-mêmes, quand même les quatre arcades ne feroient pas leur effort enfemble, je fuppoferai encore qu'il n'y a qu'une arcade & deux piliers conftruits ; & je démontrerai que fi cette arcade étoit chargée de la partie du dôme qu'elle doit foutenir ainfi que chacun des piliers, l'effort de la puiffance réfiftante feroit encore d'un tiers plus confidérable que l'effort de la puiffance agiffante [25].

Il n'y a pas à craindre qu'il fe faffe aucun effort fur la largeur du pilier dans l'endroit où il n'a que trois pieds neuf pouces de largeur : car il ne pourroit fe faire de pouffée dans ce fens, que celle qui feroit

moitié de la tête du coin eft à fa longueur ; & dans le cas préfent :: 5 . 7, il fera donc $\frac{2801 \times 5}{7}$ = 7001 pieds.

Il faut encore confidérer la pouffée de l'arcade voifine qui agit contre le même pilier, fuivant la direction fg du plan, tandis que l'autre la pouffe fuivant la direction ag : ces deux puiffances feroient le même effet qu'une feule dg, qui feroit à chacune de celle-ci, comme la diagonale d'un quarré eft à fon côté ou environ :: 7 . 5 ; cette puiffance fera donc $\frac{7001 \times 5}{7}$ = 9801 pieds.

Pour connoître l'angle fuivant lequel fe fait cette pouffée, marquez fur le plan les points ch au deffous des centres d'impreffion de la pouffée, & tirez les lignes ch & cb ; faites enfuite le profil du pilier ( Fig. 6 ) fur la diagonale ig du plan, & marquez y le point c en o, & l'horifontale ob égale cb du plan ; élevez enfuite la perpendiculaire bn = ca du plan, & tirant la ligne no prolongée jufqu'en q, on aura l'inclinaifon de la direction de la force agiffante,

En tirant enfuite la perpenculaire Pq, on aura le bras de levier de la puiffance agiffante, qui fera 27 $\frac{1}{4}$ ; de forte que l'énergie de cette puiffance fera 9801 × 27 $\frac{1}{4}$ = 267077.

La puiffance réfiftante étant 31081, & fon bras de levier mP étant 10 $\frac{1}{4}$, fon énergie fera 334120, qui eft d'un quart plus grande que celle de la puiffance agiffante.

[25] Si l'on fuppofe qu'il n'y a que l'une des puiffances qui agiffe pour renverfer la moitié du pilier, le centre de gravité de cette partie du pilier chargé de la partie du dôme qui eft au deffus, fe trouve alors au point n du plan, & le bras de levier Pf ( Fig. 5 ) feroit 33 $\frac{1}{3}$ : la puiffance agiffante fera, comme il a été dit dans la Note précédente, 7001 ; ainfi l'énergie de cette puiffance feroit 7001 × 33 $\frac{1}{3}$ = 233366.

Le cube de la puiffance réfiftante feroit 31081, qu'il faut multiplier par fon bras de levier nP = 11 pieds, & l'on aura 341891, qui eft plus confidérable d'un tiers que la puiffance agiffante.

produite par les pendentifs dans la partie où ils forment une voûte horifontale ; & s'il arrivoit que cette voûte vînt à fe fendre verticalement, je ne vois pas qu'il y eût aucune direction des puiffances qui pût agir dans ce fens, parce que les vouffoirs des pendentifs agiffans en coin, pouffent les deux arcs & ne font aucun effet fur les piliers.

Si le pannache fe fendoit horifontalement, la pouffée fe feroit dans le fens de la diagonale, & l'épaiffeur du pilier feroit toujours au moins de cinq pieds dans ce fens.

Si l'on fuppofoit encore qu'indépendamment de cette rupture horifontale, le pendentif fe fendît verticalement en deux endroits vis-à-vis les angles du pan coupé, il ne pourroit defcendre de quelques lignes qu'en avançant & en gliffant fur le devant, & alors ce font encore les arcs doubleaux qui ferviroient de *culées* ; & fi ces arcs venoient à fe fendre, ce ne pourroit être que vers les reins & à l'endroit où fe fait la plus grande pouffée ; car au cerveau des arcs les pouffées étant égales, elles fe contre-butent l'une & l'autre.

On voit par conféquent que le poids qui agit fur le fommet du grand arc, eft contre-buté obliquement par celui qui agit fur le pendentif ; & réciproquement, que la puiffance qui agit fur les pendentifs, eft employée à réfifter à la pouffée des grands arcs & à contre-buter le pilier qui n'a plus d'autre ufage que de porter le poids, la pouffée des arcs étant par-là peu confidérable.

Ainfi cette conftruction de dôme fur pendentifs eft telle, que les parties qui font portées par les encorbellements foulagent par leur poids la pouffée de celles qui font fur les arcs, & que les piliers n'ont prefque d'autre ufage que de porter le poids : s'il refte à confidérer un effort dans le fens de la longueur des nefs, pour réfifter à la pouffée oblique, on voit qu'à l'Eglife dont il s'agit cet effort fera contrebuté par les deux tribunes qui porteront des arcs élevés vis-à-vis les reins des voûtes principales, qui feront encore foutenus par les grands arcs des bas côtés.

Au refte, la pouffée de ces arcs fera peu confidérable, parce

que la plus grande partie du fardeau fera portée par les encorbellements : l'on fait que ces encorbellements font foutenus uniquement par les arcs de côtés, lorfqu'ils font faits fur un plan
quarré, parce qu'ils forment alors un véritable coin qui ne
peut être que très-peu foutenu par fa pointe ; mais lorfqu'ils
font faits fur un plan octogone, ils forment un coin tronqué,
& le pan coupé de l'octogone en fupporte une partie peu confidérable à la vérité, car ce font les arcs doubleaux qui en portent
la plus grande portion, à caufe des joints des pierres qui non-
feulement tendent au centre du plan de la tour, mais qui font
encore formés en claveaux fur l'élévation, & fuivent dans leurs
joints montants une courbure dépendante de celle du pendentif,
dont l'effence eft d'être beaucoup plus large en haut qu'en bas ; &
s'il refte une action pour renverfer le pilier dans le fens de la diagonale, elle n'eft pas à comparer avec celle d'une voûte ordinaire.

Mais, comme M. Patte a fait de cet objet une de fes principales
objections ( page 27 de fon Mémoire ) j'en ferai encore le calcul ; &
pour ne laiffer aucun doute fur cette matiere, je fuppoferai le tambour & les pannaches comme s'ils étoient fendus du haut en bas
& abfolument ifolés : je prouverai cependant [26] que le poids du
dôme qui feroit porté par les pendentifs en encorbellement, feroit
foutenu par le poids feulement du maffif qui fait contrepoids, quand
même la bafcule ne feroit pas foutenue par le ceintre horifontal, en
fuppofant néanmoins que les matériaux dont feroient conftruits les

---

[26] Si l'on veut confidérer l'effet que
fait le poids d'un dôme relativement à la
bafcule, il faut fuppofer le point d'appui
des encorbellements au point G, qui eft
à la naiffance du pannache, & imaginer
que l'avant-corps fe fendra au droit des
points FO du plan.

On a vu ci-devant ( Note 14 ) que le cube
des avant-corps eft de 29724 pieds ; &
comme le centre de gravité eft au-delà du
pan coupé, on trouve qu'il y a 19825 pieds

qui chargent le pilier, & 9900 qui font en
bafcule, à quoi il faut ajouter le douzieme
de la coupole, qui eft 8347 pieds, & la
partie du pendentif, jointe aux piliers,
qui eft de 1117 pieds ; ce qui fait en totalité 19364 pieds cubes, dont font chargés
les pendentifs.

Pour trouver à préfent le contre-poids,
il faut obferver que l'on a 19825 pieds
provenans des avant-corps, à quoi il faut
ajouter 4480 pieds pour le poids du maf-

pannaches & les maſſifs vis-à-vis ces pannaches, fuſſent poſés en bonne liaiſon, & qu'ils fuſſent même cramponnés les uns avec les autres.

## §. V.

*Expoſition de quelques-uns des moyens de conſtruction que l'on pourroit employer dans celle du dôme de l'Egliſe de Sainte-Genevieve.*

J'ai annoncé que ſi l'on prenoit le parti de diſtribuer le poids du dôme ſur toutes les colonnes & principalement ſur les murs de l'Egliſe, on pourroit ſupprimer les maſſifs qui ont été conſtruits pour porter le dôme, en laiſſant ſubſiſter ſeulement les trois colonnes qui ſont engagées dans chaque maſſif, quoique l'on voie aſſez par les Figures 7, 8, 9, 10 & 11, comment la choſe eſt poſſible : afin de ne rien laiſſer à deſirer ſur cet article, je vais chercher à déter-miner les parties du poids du dôme, que l'on peut faire porter par les murs du pourtour de l'Egliſe, & celles qui pourroient être portées par les colonnes de l'intérieur.

Pour cet effet je conſidérerai, le dôme, le ſocle ſur lequel il eſt appuyé, les pannaches & les arcs qui le portent, comme un ſeul maſſif ou un poids qu'il eſt queſtion de ſoutenir, en employant non-ſeulement des points d'appui verticaux placés directement ſous ce dôme, mais encore des arcboutants qui agiront obliquement & dans des directions oppoſées entr'elles, de la même maniere à peu près que les étais que l'on place pour ſoutenir des murs, ou des bâtiments dont on ôte les points d'appui verticaux, pour les reprendre ſous œuvre.

L'on ſait qu'un poids qui peſe uniformément ſur une ſurface,

---

ſif GK, ce qui fait en totalité 24305 pieds; le levier du poids qui eſt en baſcule, eſt 3 ½, ſon énergie ſera 67774; le levier du maſſif réſiſtant à la baſcule eſt 2 pieds 10 pouces : ainſi, ſon énergie ſera 68864, qui eſt plus conſidérable que la premiere d'environ un ſoixantieme.

Il faut conſidérer que je n'ai pas fait entrer dans ce calcul la pouſſée de la cou-pole, qui renvoie le centre de gravité du poids au delà de 2 pieds 10 pouces; ce qui donne encore de l'avantage au contre-poids.

charge également toutes les parties fur lefquelles il repofe, & que fi
cette furface eft divifée en parties inégales, chacune de ces parties
fera chargée relativement à fon étendue : ainfi, pour que des arcboutants portent des parties égales du poids du dôme, il faut que
les parties horifontales du plan de la tour qui feront portées par ces
arcboutants, foient égales, quelque inclinaifon qu'ils aient, de
forte que leur fection perpendiculaire à la pouffée fera d'autant
moindre, qu'ils feront plus inclinés à l'horifon [27].

Avant que de diftribuer le poids du dôme fur les colonnes,
il faut connoître celui dont chacune d'elles eft déjà chargée
par les voûtes de la nef, les entablements & les murs fupé-
rieurs : j'ai rapporté ci-deffous [28] le cube de toutes les parties

[27] L'on voit dans la Figure 8, que
l'arcboutant Ee eft moins incliné que l'arcboutant Dd : fi l'on veut qu'ils foutiennent
le même poids, il faut tirer les horifontales Ea, Db, que l'on fera egales entre
elles, en tirant enfuite les parallèles aq, Ee;
bU, Dd ; elles donneront la largeur des arcboutants, en fuppofant qu'ils aient même

épaiffeur; & fi l'on vouloit que l'arcboutant eE foutînt le double du poids de l'arcboutant Dd, il faudroit faire l'horifontale
ia double de Db, & tirer la parallèle ie.

Il faut encore obferver que fi l'on trouvoit cette largeur trop grande, on pourroit la diminuer en augmentant l'épaiffeur
dans la même proportion.

[28]    *Table du cube des voûtes des nefs & de celui des pannaches.*

| | | |
|---|---|---|
| L'un des grands arcs doubleaux fur les colonnes, . . . . . | $61 \times 3 \times 2\frac{1}{2}$ | $= 460$ |
| L'un des quatre arcs horifontaux d'une calotte, . . . . . | $21 \times 2 \times 1\frac{1}{2}$ | $= 63$ |
| L'un des quatre pannaches d'une calotte en voûte légère, . . | $16 \times 12 \times \frac{1}{2}$ | $= 96$ |
| Le quart de la calotte en voûte légère de fix pouces d'épaiffeur, . | $31 \times 5 \times \frac{1}{2}$ | $= 77$ |
| L'un des quatre berceaux de chaque nef, . . . . . . . . | $61 \times 11 \times \frac{1}{2} = 132 = 205$ | |
| L'entablement entre deux colonnes, . . . . . . . . | $14 \times 18 \times 2 + 66 = 570$ | |
| L'architrave & fa décharge entre deux colonnes, . . . . . | $14 \times 4 \times 3$ | $= 168$ |
| Les murs dans le grand arc & à côté des fenêtres chacun, . . | $22 \times 7 \times \frac{1}{2}$ | $= 77$ |
| Chacun des montants de ces fenêtres, . . . . . . . . | $19 \times 2 \times 2$ | $= 76$ |
| Les caiffons des entre-colonnements, . . . . . . . . . | $11 \times 11 \times \frac{1}{2}$ | $= 60$ |
| Les voûtes des tribunes fervant de plancher, . . . . . . | $11 \times 11 \times 1$ | $= 120$ |
| Les voûtes au deffus de chaque tribune, . . . . . . . | $11 \times 11 \times 1\frac{2}{3}$ | $= 200$ |
| Chacun des murs de féparation des tribunes, . . . . . . | $13 \times 13 \times \frac{1}{4}$ | $= 126$ |
| Le pannache qui foutiendroit le dôme fur les colonnes, . . . | $818 \quad \times 3$ | $= 2454$ |
| Les deux tympans entre les pannaches & les arcs doubleaux, . . | $14 \times 14 \times 3$ | $= 588$ |

Comme on fuppofe ici que les piliers font retranchés, on a auffi retranché le maffif dans
l'intérieur des pendentifs.

des voûtes de la nef, & de celles qui chargent les colonnes, non compris le cube du dôme que l'on a trouvé ci-devant de 129816 pieds cubes ; c'est par le moyen de cette Table que j'ai construit la seconde [29], où j'ai marqué le poids dont chaque colonne est chargée tant par les entablements que par les voûtes & autres parties accessoires : l'on voit dans cette Table que les sept colonnes O G P T D B H soutiennent la plus grande charge provenant des voûtes de la nef & des tribunes ; ainsi dans la distribution que l'on fera du poids du dôme sur les colonnes, il ne faudra faire porter à celles-ci qu'une petite partie du poids.

Les tribunes qui font proche les pannaches sont voûtées, & la poussée de ces voûtes est opposée à celle des grands arcs doubleaux, mais elle ne lui est pas égale : pour qu'il y eût équilibre, il faudroit construire un arcboutant DE ( fig. 9 ) qui soutînt une partie du

| [29] Indication des colonnes. | Charge provenant de l'entablement & des caissons. | Charge provenant des voûtes de la nef. | Charge des voûtes des tribunes des murs & piliers. | Charge sur les colonnes, non compris celle qui provient du dôme. | Charge provenant du poids du dôme. |
|---|---|---|---|---|---|
| T, D . . | . . 884 | . . 281 | . . 617 | . . 1682 | |
| J . . . . | . . 884 | . . 281 | . . 265 | . . 1430 | |
| O, G . . | . . 625 | . . 779 | . . 96 | . . 1520 | . . 80 |
| P . . . . | . . 625 | . . 779 | . . 50 | . . 1474 | |
| H B . . . | . . 854 | . . 281 | . . 311 | . . 1446 | . . 154 |
| Q . . . . | . . 560 | . . 281 | . . 95 | . . 936 | |
| R Æ . . . | . . 798 | | . . 104 | . . 902 | . . 698 |
| E Z . . . | . . 776 | | . . 104 | . . 880 | . . 720 |
| K . . . . | . . 387 | | . . 456 | . . 843 | . . 757 |
| L . . . . | . . 387 | | . . 175 | . . 562 | . . 1038 |
| F . . . . | . . 215 | | . . 175 | . . 390 | |
| X . . . . | . . 215 | | . . 115 | . . 330 | |
| S V . . . | . . 210 | | | . . 210 | . . 1390 |
| N, M, . . | . . 210 | | . . 176 | . . 386 | . . 1214 |
| Y, . . . . | . . 108 | | . . 50 | . . 158 | |

dôme

dôme, & l'on trouvera [ 30 ] que fi cette partie du dôme étoit de foixante-dix-neuf pieds, les deux pouffées deviendroient égales, & il en réfulteroit fur la colonne O une charge verticale de foixante-dix-neuf pieds, qui, jointe à la charge réfultante du poids des voûtes & arcs doubleaux, qui eft 1520, donnera environ 1600 pour la charge totale de cette colonne.

Comme cette charge eft affez confidérable pour qu'on ne cherche pas à l'augmenter, je la prendrai pour la mefure commune de la charge que l'on peut faire porter à chacune des autres colonnes [31];

[30] Pour connoître la pouffée des grands arcs doubleaux ( fig. 9 ), cherchez le cube de l'arc AB, que vous trouverez de 153 pieds : la puiffance agiffante fuivant la direction BC, étant ici au poids comme 5 eft à 7, on aura cette puiffance BC$=\frac{153 \times 7}{5}$ $=214$.

Après avoir tiré BE & fait le parallélogramme FD, on trouvera que la puiffance BD, qui agira fuivant cette direction BE, fera $=154$, & que l'effort que fera cette puiffance fuivant l'horifontale EG$=\frac{154 \times EG}{BE}$ $=\frac{154 \times 6\frac{1}{2}}{28}=36$.

Pour connoître la pouffée des tribunes, il faut, après avoir trouvé le cube de la partie de la voûte qui forme le coin qui eft de 40 pieds, chercher l'effort qu'il fait fuivant la direction KN, on le trouvera $=56$, qui n'eft pas à beaucoup près égal à la pouffée du grand arc, que l'on vient de trouver $=214$ : ainfi, pour mettre ces deux puiffances en équilibre, ce qui eft effentiel pour détruire les pouffées horifontales qui tendent à renverfer les colonnes, il faudra placer un arcboutant KM qui cubera 34 pieds, & qui agiffant avec la force d'un coin, fera effort de $\frac{34 \times 7}{5}=48$, il reftera donc encore une force de 110 à emprunter du poids du dôme; & ce poids qui agira auffi comme un coin, fera par conféquent $\frac{110 \times 5}{7}=79$.

(31) On trouve dans la Table précédente que le total du cube porté par les colonnes B, H, K, O, G, R, Æ, E, Z, L, N, M, S, V, eft $154+154+757$ $+80+80+698+698+720+720$ $+1038+1214+1214+1390+1390$ $=10307$.

On a vu ci-devant ( Note 14 ) que le quart du cube du dôme eft 32469 pieds; à quoi ajoutant le cube d'un des pannaches & des parties acceffoires, qui eft 3042 pieds, on aura 35511 pieds pour le poids, qui doit être porté tant par les colonnes voifines que par les murs; & comme les colonnes en portent 10307, il en reftera 25204 pieds, que l'on peut faire porter par les arcboutants qui peuvent être placés derriere les pendentifs : fi l'on fait porter à l'arcboutant KL ( Fig. 7 ) la moitié du poids, parce qu'il eft placé le plus avantageufement, il fupportera 12602 pieds, & chacun des deux autres arcboutants BM, HN en fupportera le quart, qui eft 6301 pieds.

J'ai fuppofé que l'arcboutant du milieu KL ( Fig. 7 ) étoit incliné de 45 degrés, & qu'il foutiendroit une portion du dôme de 12602 pieds cubes : pour trouver la direction qui réfulte de celle-ci le long des murs de l'Eglife, prolongez la diagonale

H

au moyen de quoi, pour qu'elles foient toutes également chargées, il faudra leur faire porter des portions du poids du dôme, égales au cube marqué dans la fixieme colonne de la Table de la Note précédente : la partie du dôme que porteront ces colonnes, en ne les chargeant chacune que de 1600 pieds, n'étant gueres que le tiers du total, il faudroit, pour porter le refte, conftruire derriere chaque pannache trois forts arcboutants fur les diagonales BDM, KL, HTN du plan, tels qu'ils font marqués en profil dans les Figures 10 & 11, où l'on voit que la direction moyenne de leur inclinaifon, fuivant les lignes RQ, BE, peut être fur l'angle de quarante-cinq degrés.

KL en h, élevez fur cette ligne la perpendiculaire Lb à volonté, prenez La = Lb, & tirez la ligne ab, tirez encore la perpendiculaire au fur aL qui rencontre le parement intérieur du mur au point u; prenez enfuite LO = Lb, & tirez o u, cette ligne fera la direction qu'aura la puiffance le long des murs; prenez enfuite, dans la Figure 11, LE, que vous porterez de T en U, Fig. 8, pour avoir le point U, par où vous tirerez UK, qui fera la direction de la pouffée.

Pour avoir l'expreffion de la force réfultante du poids du dôme, prenez (Fig. 7) ba que vous porterez de L en h, tirez hi parallele & égale à au, tirez enfuite Lj & faites le parallélogramme Lqht, vous aurez le rapport de la pouffée de l'arcboutant à la puiffance réfultante le long des murs :: Lh, Lt, ou :: 10 . 6. Ainfi le poids étant de 12602; à quoi ajoutant 998 pour le poids de l'arcboutant, on aura 13600 : la force fera donc $\frac{13600 \times 6}{10}$ = 8160; & cette force agiffant comme un coin p r f (Fig. 8) fon effort fera $\frac{8160 \times cf}{cv}$ = $\frac{8160 \times 17\frac{1}{2}}{10}$ = 14280; mais il faut remarquer que cet effort, qui eft dirigé fuivant la ligne UK, tend feulement à charger les fondations, fans pouvoir renverfer le mur.

On trouvera de même que la direction de la pouffée des arcboutants HN, BM le long du mur, fe fera fuivant la ligne qm (Fig. 8.) Tirez (Fig. 7) Mn parallele à Lt, & Nm parallele à Lj, & faites les parallélogrammes no, om, vous aurez le rapport de la pouffée des arcboutants à la puiffance réfultante le long des murs :: Mp. Mn ou :: ς . 6 : ainfi le poids que portent ces arcboutants étant 6301, la force fera $\frac{6301 \times 6}{ς}$ = 7561 ; cette force agiffant comme un coin, fera comme ci-deffus $\frac{7561 \times 17\frac{1}{2}}{10}$ = 13230; mais cette pouffée n'eft pas, comme la précédente, dirigée contre les fondations, elle tend à renverfer le mur, & fon bras de levier eft (Fig. 8) Km = 7 pieds; par conféquent fon énergie fera 92610. A l'égard de la puiffance réfiftante, ce fera le poids du mur entier depuis N jufqu'en C (Fig. 7) qui a 64 pieds de longueur & qui cube 23088 pieds, qu'il faut multiplier par fon bras de levier 32, on aura 738816 pour l'énergie de la puiffance réfiftante, qui eft plus de fept fois plus confidérable que l'énergie de la puiffance agiffante.

L'arcboutant KL ( Fig. 7 ) qui pouſſe ſuivant la direction LH, ne ſera pas contrebuté par une force directe, mais les murs de l'Egliſe LC, LV, en tiendront lieu & feront le même effet : les arcboutants BM, HN ne feront pas non plus contrebutés par des puiſſances directes ; mais les murs MV, Mo feront oppoſés à la force DM, & les murs NS, No feront oppoſés à la force TN. Les forces No, Mo, qui ſont directement oppoſées & égales, ſe détruiront ; & la pouſſée de ces arcboutants fera tout ſon effort contre la longueur des murs, ainſi que celle de l'arcboutant KL.

On trouvera dans les Notes que la pouſſée des arcboutants BM, HN ſe fera le long des murs ſuivant la direction qm (Fig. 8.) & qu'elle n'eſt que le ſeptieme au plus de la réſiſtance du poids du mur. La pouſſée de l'arcboutant KL ſe fait le long du mur ſuivant la direction UK ; mais la réſiſtance que lui oppoſe le mur, eſt bien autrement conſidérable que celle qu'il oppoſe aux autres arcboutants : ici cette pouſſée agit ſur les fondations mêmes en K, & ne peut aucunement renverſer le mur, puiſque ſon bras de levier eſt nul & même qu'il peut être négatif.

Après avoir trouvé le poids du dôme que chaque arcboutant doit ſupporter, il n'eſt plus queſtion que de chercher la forme & l'étendue de ces arcboutants : elle dépend de la partie horiſontale du plan de la tour qu'ils ſupporteront, qui doit toujours être relativement proportionnelle à leur charge ; & l'on trouvera [32]

[32] Comme l'arcboutant MK ( fig. 9.) ne ſoutient que 79 pieds, je ſuppoſe qu'il ſupporte ſeulement un pied quarré du plan de la tour : on trouvera que les colonnes HB, qui en doivent ſupporter 154 pieds, ſupporteront 2 pieds quarrés de ce plan ; que les arcboutants des colonnes R Æ, en ſupporteront 8 pieds trois quarts ; ceux des colonnes EZ en ſupporteront 9 pieds ; celui de la colonne K en ſupportera 9 pieds & demi ; celui de la colonne L, 13 pieds ; ceux des colonnes NM, 15 pieds un quart, & ceux des colonnes SV, 17 & demi ; on trouvera auſſi que le gros arcboutant placé ſur la diagonale KL, qui doit ſupporter 12602 pieds cubes du poids du dôme, doit ſupporter une partie de ſon plan de 157 pieds & demi, & les autres arcboutants BM, HN, chacun 78 pieds ; & comme ces arcboutants ſont joints à ceux des colonnes N, S, qui doivent ſoutenir une ſurface horiſontale du plan de 32 pieds trois quarts, ils ſupporteront chacun une ſurface de 110 pieds ; & l'arcboutant KL étant joint à celui qui

H z

que l'arcboutant de la Figure 11 doit avoir fept pieds d'épaiffeur, celui de la Figure 10 fix pieds & demi, les arcboutants Ee Dd ( Fig. 8 ) auront environ deux pieds de largeur fur trois pieds d'épaiffeur ; ainfi des autres.

On voit, dans les Figures 8 & 9, de grands arcboutants af peu inclinés, qui ferviroient à contrebuter le dôme & à porter la pouffée contre les maffifs qui font aux extrémités de l'Eglife; ces arcbou-tants porteroient encore quelque partie du poids du dôme : mais je n'y ai pas eu égard.

On voit auffi, par les Figures 10 & 11, la maniere dont on doit lier les arcboutants avec la tour, par différents redents contre lef-quels s'appuient les diverfes parties qu'ils foutiennent.

Comme je me fuis propofé de donner diverfes applications des principes à l'art de la conftruction, j'examinerai encore l'effet de la pouffée des plates-bandes qui portent fur les colonnes : on fait que l'effort de ces fortes de voûtes plates eft très-confidérable, & depuis qu'on en fait ufage dans nos édifices modernes, on a cru ne pouvoir les pratiquer qu'en y employant une quantité prodi-gieufe de fers & de tirants, pour contrebuter leur pouffée & même pour porter leurs claveaux.

Mais il ne paroît pas que l'on ait encore faifi les vrais principes fuivant lefquels on doit diriger leur conftruction : la grande diffi-culté n'eft pas d'oppofer à leur pouffée des réfiftances fuffifantes, on a des moyens pour cela ; mais il s'agit principalement de les empêcher de fe courber en contre-bas ; & la chofe n'eft pas facile.

porte fur la colonne L qui doit foutenir une furface horifontale du plan de 13 pieds, en portera 170 pieds & demi : fi cet arc-boutant ( Fig. 11 ) a 25 pieds de hauteur A C, la longueur A G du plan de la tour qu'il fupportera, fera auffi de vingt-cinq pieds, par conféquent fa largeur fera $\frac{170}{25} = 7$ pieds environ.

On trouvera de même que l'arcboutant AC ( Fig. 10 ) aura 17 pieds de hauteur, & que fa largeur fera $\frac{110}{17} = 6\frac{1}{2}$.

On trouvera auffi que fi l'arcboutant Ee ( Fig. 8 ) a trois pieds d'épaiffeur, il aura deux pieds & un feptieme de largeur ; que fi l'arcboutant Dd a auffi trois pieds d'é-paiffeur, il faudra lui donner deux pieds & un douzieme de largeur ; ainfi des autres.

Dans les voûtes ordinaires les vouſſoirs ſe ſoutiennent en partie les uns & les autres, parce que leur centre de gravité forme une ligne courbe, & l'on peut même les conſtruire ſuivant une courbure qui ſeroit telle que, quand même ces vouſſoirs ſeroient exactement polis, ou qu'ils ne ſe toucheroient que par un point, comme des boules, la voûte n'en ſubſiſteroit pas moins : cette courbure eſt celle que formeroit une chaînette non tendue & attachée par ſes extrémités ; mais on démontre auſſi qu'il faudroit une force immenſe pour ſoutenir cette chaînette horiſontalement & en ligne droite, & c'eſt, à ce que je penſe, la même raiſon pour laquelle il faut une force conſidérable pour ſoutenir une plate-bande, qui n'eſt qu'un compoſé de claveaux dont les centres de gravité ſont dans une ligne horiſontale.

Il faut donc, dans la conſtruction de ces eſpeces de voûtes, faire enforte que le centre d'impreſſion des différents claveaux s'éloigne de la ligne horiſontale autant qu'il eſt poſſible ; & à cette occaſion j'indiquerai un moyen de conſtruire des plates-bandes, qui me paroît remplir cet objet : il ne s'agit ( Fig. 12 ) que de faire une voûte en arc avec une clef pendante juſques au niveau du deſſous des architraves ; cette clef & les ſommiers doivent avoir leurs joints taillés en croſſettes, pour recevoir des plafonds taillés de même. On peut faire ces plafonds de médiocre épaiſſeur, & l'intervalle qui ſe trouveroit entre eux & les vouſſoirs des arcs, pourroit être garni à la légere, ou même faire partie des claveaux, en faiſant les joints perpendiculaires & en élégiſſant la pierre par derriere juſqu'à la hauteur des joints en coupe.

Si l'on craignoit que la clef pendante ne vînt à ſe caſſer, on pourroit retenir les abouts des plafonds des architraves, par des bandes de fer G F, arrêtées par le deſſus avec des clavettes ; il ne ſeroit pas néceſſaire de faire ces bandes de fer fort épaiſſes, puiſ-que la charge des plafonds ſeroit médiocre : on pourroit de cette maniere faire des plates-bandes de onze pieds de portée, avec des pierres de cinq pieds de longueur.

Si l'on compare la pouffée de ces fortes de plates-bandes avec celles que l'on a employées dans les édifices modernes, qui font ordinairement compofées d'un double rang de claveaux qui occupent l'architrave & la frife; on trouvera [33] que fi celles de l'Eglife de Sainte-Genevieve font conftruites de cette maniere, leur pouffée horifontale fera de 173 pieds, & qu'en les conftruifant fuivant la maniere que je viens d'indiquer, leur pouffée ne feroit que de 80 pieds, par conféquent plus de moitié moindre.

On a vu ci-devant ( Note 30 ) que la pouffée horifontale des arcs doubleaux n'étoit que de 36 pieds, & qu'en employant les plates-bandes qui font en ufage, la pouffée feroit de 173 pieds; par conféquent elles tendroient à renverfer les colonnes O & G ( Fig. 7 ) qu'elles pouffent au vuide, & qui ne font pas affez chargées pour réfifter à cette pouffée : car on trouve par le calcul [34], que l'énergie de la puiffance réfiftante qui eft formée par le poids de la colonne & de fa charge, n'eft pas les deux tiers de celle de la puiffance agiffante. Si au contraire on employoit les plates-bandes légeres, on trouve auffi par le calcul [35]

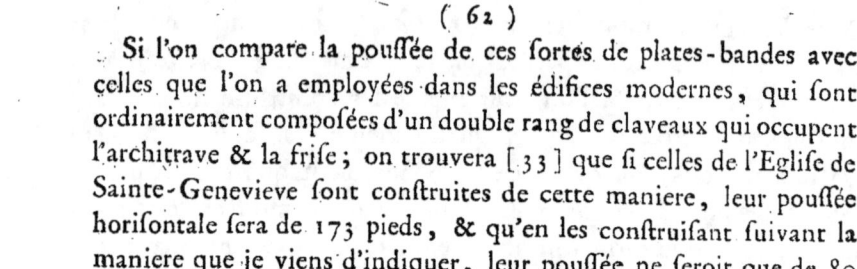

[33] Les plates-bandes conftruites de cette façon cuberont 200 pieds : la pouffée qui fe fait dans la direction horifontale fur les fommiers des plates-bandes, étant au poids de la plate-bande comme la hauteur du triangle équilatéral eft à fon côté, ou environ comme 15 eft à 13 ; on aura ici cette pouffée $\frac{200 \times 13}{15} = 173$.

Si l'on conftruifoit les plates-bandes que j'ai indiquées, on trouveroit que la pouffée horifontale, qui eft égale au poids de la partie de voûte D A, de la moitié de la clef, de la moitié du plafond & des revê-tiffemens à la légere, feroit ici de 80 au lieu de 173.

[34] Pour trouver l'effort que produiroit l'excédent de pouffée d'une plate-bande maffive fur celle du grand arc doubleau,

( Fig. 9 ) il faut multiplier cet excédent qui eft 136 par la hauteur de la colonne H=38, & l'on aura 5168 pour l'énergie de la puif-fance agiffante : à l'égard de la puiffance réfiftante, elle eft produite par le poids dont eft chargé la colonne O = 1600 ; à quoi il faut ajouter le cube de cette co-lonne = 372, on aura 1972, qu'il faut multiplier par la moitié du diametre de la colonne = $1\frac{3}{4}$, on aura 3451 pour l'énergie de la puiffance réfiftante qui eft à peu près les deux tiers de celle de la puiffance agiffante.

[35] En employant les plates-bandes légeres où la pouffée n'eft que de 80, & en multipliant cette pouffée par la hauteur de la colonne = 38, on aura 3040 pour l'éner-gie de la puiffance agiffante, qui eft alors moindre que celle de la puiffance réfiftante.

que l'énergie de la puiffance agiffante eft moindre que celle de la
puiffance réfiftante , & par conféquent que ces plates-bandes fe
foutiendroient fans avoir befoin de tirants de fer.

Je n'ai confidéré que l'une des plates-bandes qui pouffe de H
en O ( Fig. 7 ), tandis que celle qui pouffe de T en O tend avec la
premiere à renverfer la colonne fuivant la diagonale KO; mais
comme les arcs eO, PO, tendent auffi à contrebuter cette pouffée
fuivant la même diagonale, on voit que l'un revient à l'autre, puifqu'il n'eft queftion que d'établir un rapport.

Si l'on veut employer des tirants pour retenir la pouffée des plates-
bandes, il faut faire attention qu'il ne feroit néceffaire d'en mettre
qu'à quelques-unes, & qu'il feroit abfolument inutile d'en mettre
à d'autres : pour retenir la colonne O, on placeroit deux tirants
HO & OT; & en fuppofant ces tirants affez forts pour réfifter à la
pouffée, les colonnes H, O, feroient en équilibre : il n'en eft pas
de même des colonnes O, T; car lorfqu'elles feront liées par leurs
axes, il y aura encore la moitié de la plate-bande TL qui pouffera
au vuide, il faudroit donc encore lier enfemble les colonnes TL,
& même placer un ancre dans le mur en M.

Il faut obferver qu'au lieu des tirants TL, LM, DL, LN, il
fuffiroit d'en mettre un feul de T en D; mais, pour qu'il fît fon
effet, il faudroit que la plate-bande KT poufsât deux fois plus
que la plate-bande LT, parce que l'effort de cette plate-bande eft
anéanti par celui de la plate-bande RT, qui a fon point d'appui
contre les maffifs qui font au fond de l'Eglife : on peut donner
à cette plate-bande une pouffée double, foit en faifant un arc
rampant, foit par un arcboutant qui foutiendroit une partie du
dôme.

Comme la plate-bande DG pouffe auffi au vuide en G, on voit
que par le moyen du tirant TD tous les efforts font contrebutés,
& qu'il fuffit de lier enfemble les colonnes HOTDGB, tous les
autres tirants, à l'exception de ceux qui lieroient les colonnes R, E,
avec les murs, feroient de nul effet.

Je n'ai point prétendu, en donnant pour exemples les divers moyens de conſtruction dont j'ai parlé, que l'on fût obligé de les employer à l'Egliſe de Sainte-Geneviewe, j'ai même prouvé ci-devant que l'on pouvoit s'en paſſer, & je ſuis perſuadé que l'on en pourroit trouver beaucoup d'autres qui feroient le même effet. Je propoſerai de même quelques moyens pour diminuer la pouſſée de la voûte de la coupole, & je ferai obſerver à cet egard que, comme ces ſortes de voûtes ne peuvent écarter les piédroits qu'a-près avoir formé des léſards du haut en bas, ces ruptures ſeront d'autant plus difficiles à ſe faire, que les parties de la tour ſeront mieux liées : il feroit donc à propos de cramponner toutes les pierres du tambour au deſſus des fenêtres, pour former autant de chaînes qu'il y auroit d'aſſiſes ; ces chaînes feroient le même effet que les cercles de fer que l'on y met ordinairement. On pourroit encore, pour remplacer ces cercles de fer, encaſtrer d'un ou de deux pouces les aſſiſes les unes dans les autres, en mettant le plein ſur le joint, ce qui formeroit encore d'autres eſpeces de chaînes de pierre, où l'on n'emploieroit aucuns crampons, & qui feroient cependant le même effet que les aſſiſes cramponnées ; enfin on pourroit employer ces trois moyens enſemble.

On pourroit auſſi diminuer conſidérablement la pouſſée de la voûte de la coupole, en ne conſtruiſant en pierre de taille que huit arcs doubleaux ( Fig. 13 ) qui feroient dirigés contre des contre-forts qui auroient au moins dix pieds de longueur, non compris les colonnes, & qui par conſéquent feroient capables de réſiſter à une très-forte pouſſée, & en regardant ces arcs comme les ogives d'une voûte gothique ; on conſtruiroit à la légere & à double courbure les intervalles qui feroient entre eux, en les faiſant ſervir de point d'appui ; on pourroit encore y pratiquer des nervures & des tier-cerons, & ne donner alors aux vouſſoirs des parties intermédiaires que cinq à ſix pouces d'épaiſſeur, en les faiſant en brique ou en pierre, ou même en matiere plus légere, telle que certaine eſpece de tuf ; & après avoir recouvert le tout d'une bonne chappe de ciment

ciment, on y placeroit les gradins en dalles : pour diminuer le poids, on pourroit employer pour couvrir ce dôme, au lieu de dalles, des tables de plomb ou de cuivre, ou même des gradins en fer coulé & de peu d'épaiſſeur, qui ne peſeroient pas plus que de la tuile ordinaire.

Il faut obſerver que l'on peut prendre la naiſſance des arcs de cercle de la grande voûte, juſques au deſſous du ſocle; ce qui la ſurhauſſeroit conſidérablement & diminueroit de beaucoup ſa pouſ-ſée, puiſque l'on retrancheroit entiérement les piédroits. Cette maniere de voûter, dans le genre gothique, épargneroit plus de la moitié des matériaux, & par conſéquent diminueroit de moitié le poids de la voûte, la pouſſée ſe faiſant uniquement contre les contre-forts qui ont près de treize pieds d'épaiſſeur, en y compre-nant les colonnes; il ſeroit inutile de donner aux murs du tambour plus de deux pieds d'épaiſſeur. On voit aſſez que ces eſpeces de voûtes ne ſont pas moins ſolides que les voûtes maſſives, & que l'art de cette conſtruction ne conſiſte qu'à diviſer une grande ſur-face en pluſieurs petites, que l'on peut alors voûter avec de petits matériaux; ces matériaux ſont portés par les nervures & ogives, à qui il eſt néceſſaire ſeulement de donner une épaiſſeur un peu grande & des buttées convenables.

Si l'on a prouvé ci-devant que les murs de l'Egliſe & les colonnes étoient capables de porter, ſans le ſecours des piliers, un dôme conſtruit dans le genre maſſif; à plus raiſon eſt-il démontré évidem-ment qu'il ſeroit porté & établi très-ſolidement ſur ces mêmes colonnes, s'il étoit conſtruit avec des nervures & des ogives, qui ſeroient ici d'autant plus convenables, que la voûte inférieure em-pêcheroit qu'elles ne fuſſent apparentes, & qu'on les emploieroit dans la vue de décharger les voûtes de l'Egliſe.

I

# CONCLUSION.

Sous quelque point de vue que l'on confidere l'exécution de la coupole de l'Eglife de Sainte-Genevieve, on doit donc être bien convaincu que les principes mathématiques que l'on a appliqués à la théorie des voûtes, & les exemples que l'on a mis en parallele, bien loin de fervir à prouver que les piliers de cette Eglife *font d'une difproportion trop manifefte pour porter fon dôme,* fervent au contraire à démontrer jufqu'à la derniere évidence que ces mêmes piliers pourroient fupporter un dôme beaucoup plus confidérable que celui-ci.

L'on a vu que des deux voûtes de ce dôme, celle qui eft fort furmontée, a peu de pouffée; que l'autre qui s'appuiera contre le bas de la tour, agira avec très-peu d'efficacité, & que les deux enfemble ne feront pas autant d'effort pour renverfer les piédroits, que celle d'après laquelle M. Patte a fait fes calculs & fondé fes objections : on a même démontré que les murs de la tour, joints aux avant-corps, produiront une réfiftance qui feroit prefque le triple de l'action de la pouffée de ces voûtes, & que quand même les piliers qui doivent fupporter les grandes arcades du centre de l'Eglife & fon dôme, feroient ifolés, la réfiftance qu'ils oppofe-roient par leur propre poids feroit encore plus du double de la pouf-fée : l'on a vu auffi que le poids du dôme & la pouffée des arcs peut être diftribuée fur toutes les colonnes & fur tous les murs de l'Eglife fuivant la direction de leur longueur, ce qui donneroit des contre-forts immenfes qu'aucune force réfultante des conftruc-tions ne pourroit renverfer.

J'ai cherché à faire voir, par divers exemples, comment on peut faire ufage des Sciences mathématiques, en appliquant leurs prin-cipes à l'art de la conftruction des Edifices : peut-être que fi l'on s'attachoit à raifonner de cette maniere fur les conftructions, & à apprécier les projets avant que de les exécuter, ce feroit le meilleur moyen de tendre à la perfection de cet Art; on fauroit du moins ce que

l'on peut ofer, & l'on ne donneroit rien au hafard. Nous ne pou-
vons nous diffimuler que la multiplicité & la groffeur des colonnes
ou des piliers placés dans l'intérieur de nos Temples ne foient un
défaut, en ce qu'ils retréciffent l'efpace & cachent au Peuple les
cérémonies de l'Eglife : ainfi celui qui aura trouvé le moyen de
conftruire un Edifice d'une vafte étendue, dont les voûtes feront
foutenues dans l'intérieur par le moins de fupports poffibles, en les
multipliant à l'extérieur autant qu'il fera néceffaire pour lui donner
la folidité convenable, aura rempli le but que l'on doit naturellement fe propofer dans un femblable projet.

Les Architectes des Eglifes de Sainte-Genevieve & de la Magde-
leine, qui les premiers ont abandonné la forme des arcades employées par les modernes dans la conftruction de prefque toutes les
grandes Eglifes, feront fans doute époque dans l'hiftoire du goût de
l'Architecture : ils font en butte à la critique; mais de tous les
temps ceux qui fe font écartés des ufages reçus, ont éprouvé le
même fort. On fait les contradictions qu'effuya Bullet pour la conftruction du Quai Pelletier, qu'il a fait en faillie fur la Riviere, &
combien on fufpecta le projet de Perrault pour les plates-bandes du
périftile du Louvre : le fuccès a juftifié l'un & l'autre de ces Artiftes
célebres, & juftifiera de même ceux-ci; on leur aura l'obligation
de nous avoir ramenés à la pureté & à l'élégance de l'Architecture
grecque, en la conciliant avec les exemples favans que nous ont
laiffé les Architectes goths pour l'art des conftructions.

Enfin, fans refufer aux Michel-Ange, aux Fontana, aux Wren,
aux Manfard & à tous les célebres Architectes qui ont conftruit des
dômes, le tribut de louanges qu'ils méritent, il eft permis fans
doute de comparer les moyens qu'ils ont employés pour élever des
voûtes, avec les principes de la théorie; & de croire que les ouvrages qu'ils nous ont laiffés, feroient plus admirables encore, s'ils
euffent pu les combiner d'après ces principes.

*F  I  N.*

# *APPROBATION.*

J'AI lu par ordre de Monseigneur le Chancelier, le Manuscrit intitulé, *Mémoire sur l'application des principes de la Méchanique à la construction des voûtes*, & j'en crois l'impression très-utile. A Paris, ce 12 Janvier 1771.

COCHIN.

# *E R R A T A.*

PAGE 47, ligne 5, plus du triple : *lisez* le triple.

Page 49, ligne 12, au milieu : *lisez* au dessous du milieu.

Page 56, ligne 15, DE : *lisez* DM.

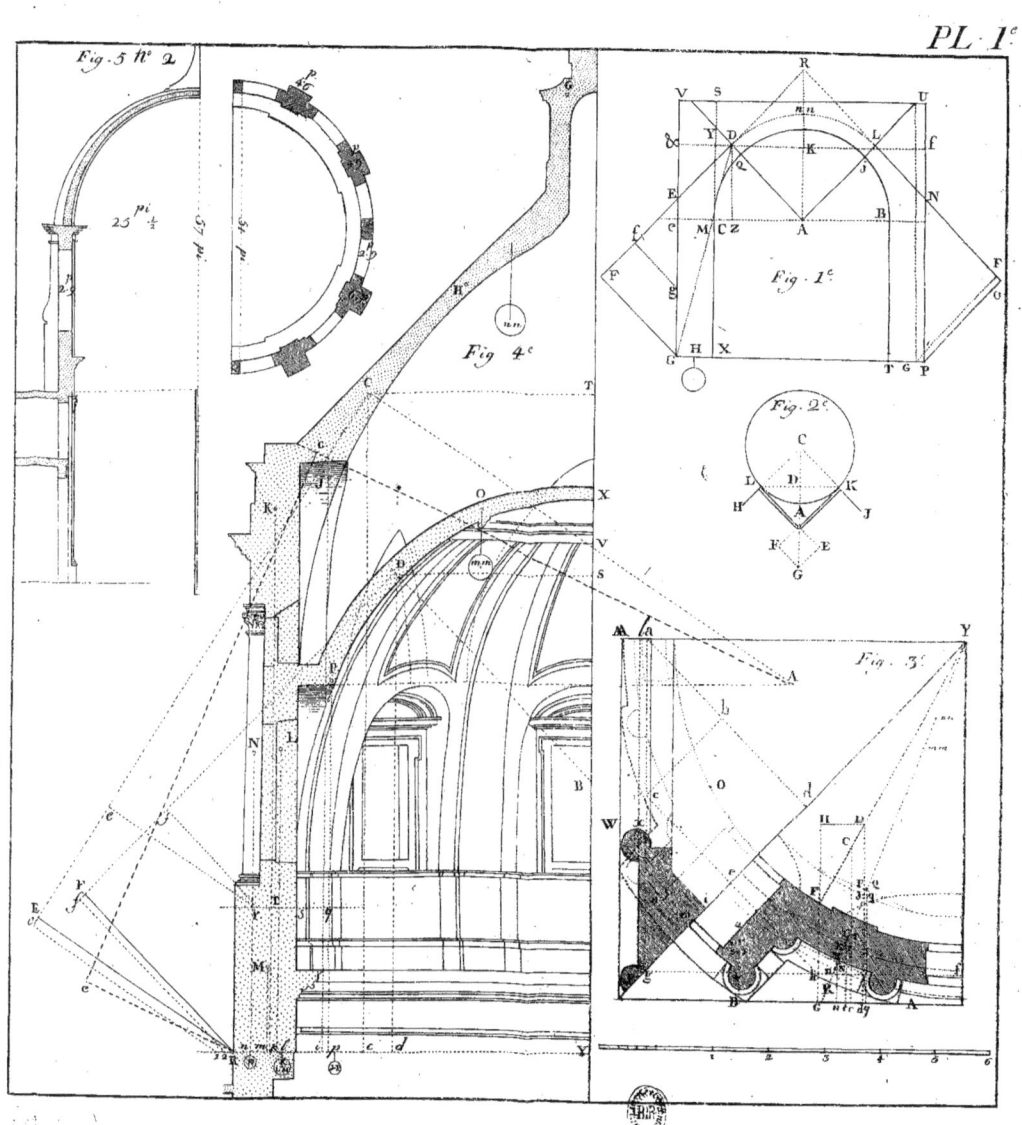

Fig. 5 Nᵒ 2

Fig. 4ᵉ

Fig. 1ᵉ

Fig. 2ᵉ

Fig. 3ᵉ

25 ᵖⁱ.½

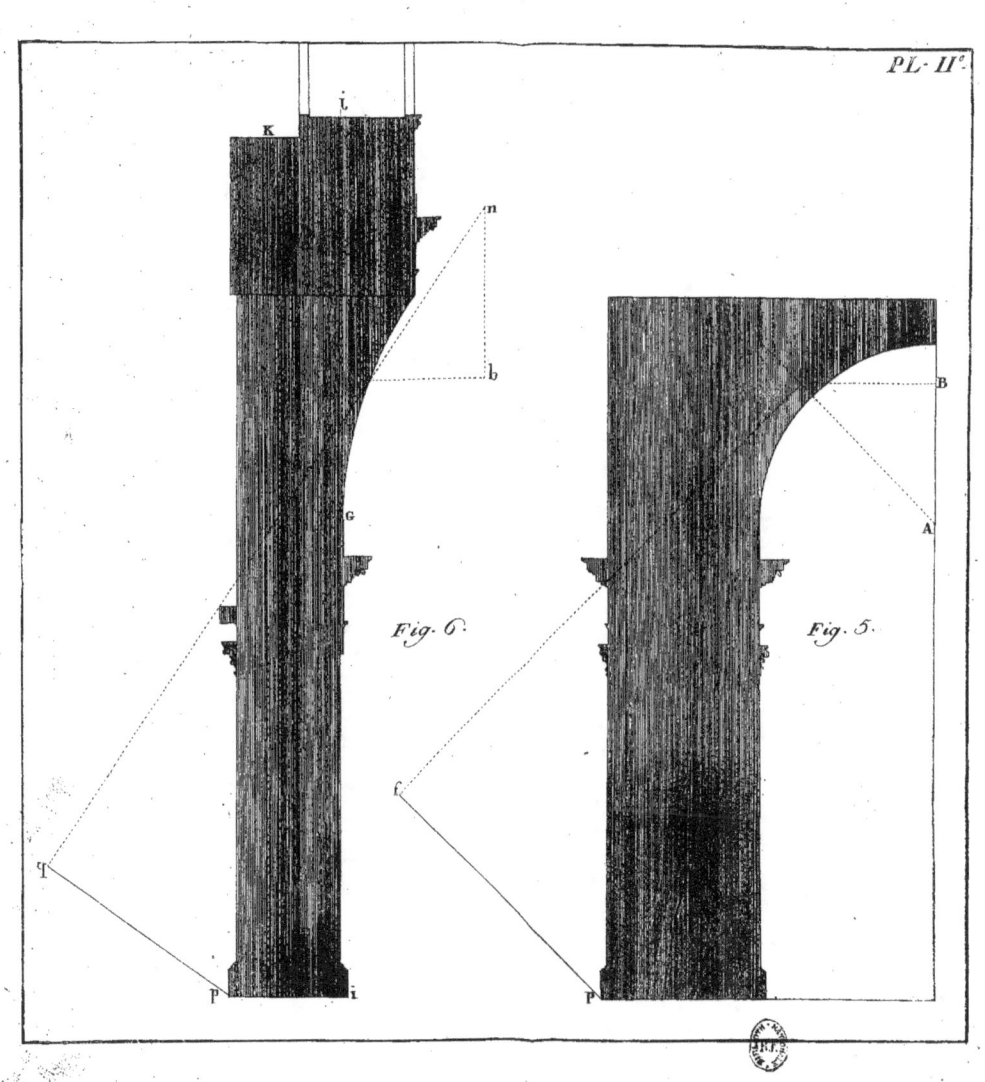

*Fig. 6.*

*Fig. 5.*

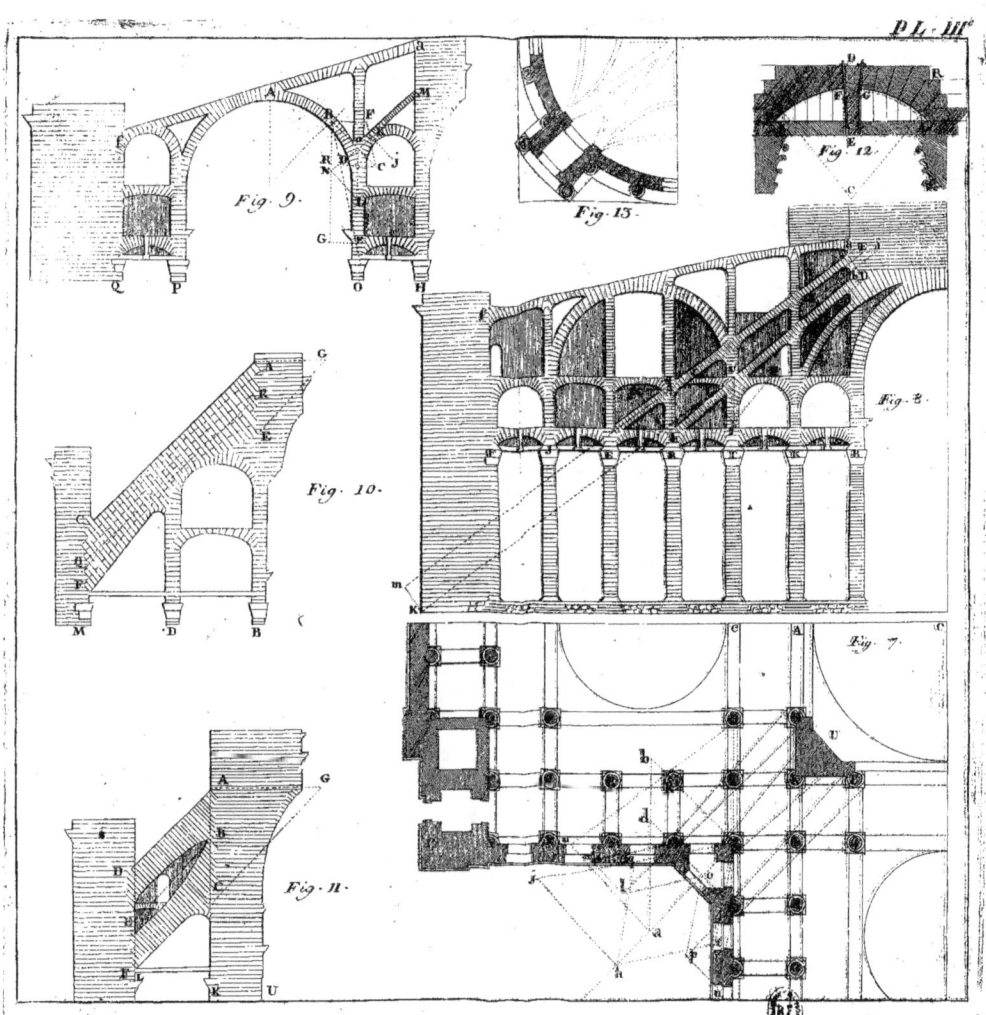

Fig. 9.

Fig. 13.

Fig. 12.

Fig. 10.

Fig. 8.

Fig. 11.

Fig. 7.

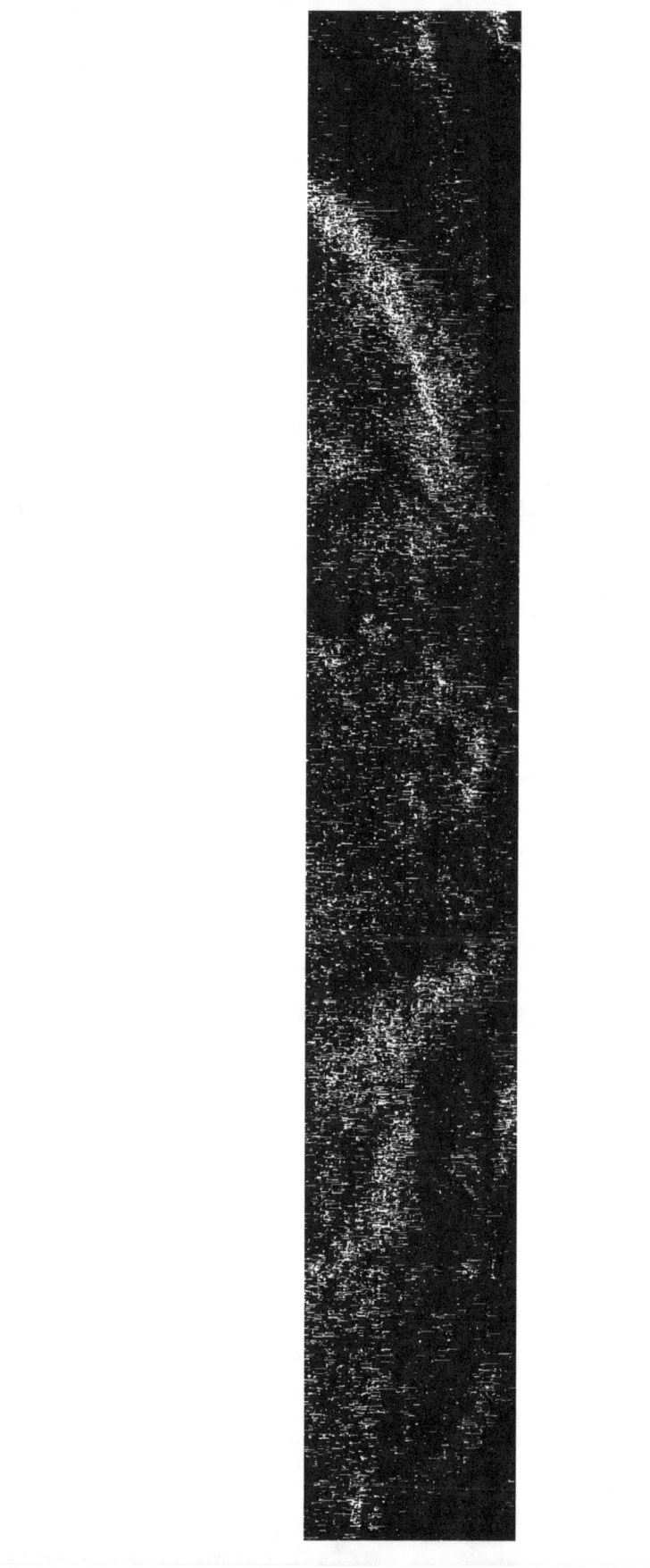